Reihe [kleinbetrieb *kompakt*]
Herausgeber: Jürgen Leske, Rechtsanwalt und Wirtschaftsjournalist, München

Roman Hofmeister

Der Business Plan

- Geschäftsidee prüfen
- Firmengründung planen
- Finanzierung sichern

2., aktualisierte Auflage

UEBERREUTER

Die Deutsche Bibliothek – CIP-Einheitsaufnahme

Hofmeister, Roman
Der Business Plan : Geschäftsidee prüfen –
Firmengründung planen – Finanzierung sichern / Roman Hofmeister. –
2., aktualisierte Auflage
Wien : Wirtschaftsverlag Ueberreuter, 1999
(kleinbetrieb kompakt)
ISBN 3-7064-0582-2

S 0488 2 3 / 2001 2000

Umschlag: INIT, Büro für Gestaltung

Printed in Hungary

Inhalt

Vorwort

Dieses Buch ist allen Menschen gewidmet, die nicht bereit sind, sich wirtschaftlichem Pessimismus hinzugeben; all jenen, die ihr Schicksal und das ihrer zukünftigen Mitarbeiter selbst gestalten wollen; allen künftigen Unternehmer(innen), welche grundsätzlich nicht die Frage stellen, ob sie ein Unternehmen gründen oder übernehmen, sondern sich nur fragen, wie sie die Firmenkonzeption entwickeln sollen, um mit größtmöglicher Wahrscheinlichkeit erfolgreich zu sein. Es ist auch für Geschäftsführer ausgegliederter Konzernfirmen geschrieben, welche unternehmerische Risiken in diesem Rahmen auf sich nehmen; und für jene Berater, die ihren Kunden nicht nur theoretische Konzepte liefern nach dem Motto „Nehmen wir an, daß ...", sondern realistische und realisierbare, erfolgversprechende Unternehmensentwicklungen unterstützen und zum Scheitern verurteilte Versuche verhindern wollen. Überdies wendet sich das Buch an Banken, Wirtschaftsverbände und Förderungsstellen, um ihnen ein (weiteres) Instrumentarium für die Beurteilung von Geschäftsplänen an die Hand zu geben, und wenn formal der Unternehmensgründer angesprochen ist, sind immer auch die anderen Gruppen gemeint.

Die Wirtschaftsentwicklung in Europa und die Voraussagen der Zukunftsforscher haben dazu geführt, daß der Ruf nach neuen Unternehmern und mehr Unternehmertum immer lauter wird. Allen Verantwortlichen ist klar, daß Europa neue Unternehmer und neue Unternehmen braucht, um den Lebensstandard aufrechtzuerhalten. Andererseits ist aber niemandem mit gescheiterten oder scheiternden Unternehmern geholfen – ganz im Gegenteil.

Es fehlen Arbeitsplätze, es gibt zuviel Verwaltung und Bürokratie, zu hohe Steuern, zu viele Sozialhilfeempfänger, zu viele Pensionisten und zu wenig Beitragszahler. Noch ist kein Trend zur Umkehr und Dynamisierung der Wirtschaft erkennbar. Konzerne weichen auf Produktionsstätten in Länder mit niedrigem Lohn und ebenso niedrigem Umweltschutzstandard aus, Klein- und Mittelbetriebe, die unter anderem als Zulieferbetriebe ihren Markt gefunden hatten, verlieren an Boden. Daß hier noch erheblicher Handlungsbedarf seitens der Verantwortlichen besteht, ist wohl kaum zu bezweifeln. Auf Änderungen zu warten könnte allerdings zu einem „Warten auf Godot“ werden. Möglicherweise kommt „Godot“ nie. Gehen wir also lieber von der bestehenden Situation und den daraus resultierenden Bedingungen aus.

Vielleicht als Folge dieser Situation ist die Bereitschaft zur Selbständigkeit und damit zum Risiko unterentwikkelt. Viele Unternehmensneugründungen scheitern daran, daß sie in besetzten Branchen, aus einer wirtschaftlichen Notlage heraus und mit unzureichender Fachkenntnis erfolgen. In diese Kategorie fallen häufig Gründungen ehemaliger Führungskräfte, die mit 40, 45 Jahren ihren Arbeitsplatz verloren haben und keine geeignete Position mehr finden. Das „Lean Management“ hinterläßt seine Opfer. Viele Menschen lassen sich darüber hinaus durch Subventionszusagen oder sonstige mehr oder weniger rationale oder gar irrationale Aspekte zur

Selbständigkeit verlocken, ohne zu erkennen, daß sie damit in eine Falle gehen können, weil bei einem Scheitern ihre gesamte wirtschaftliche Existenz bedroht ist. Subventionen sollten lediglich als Starthilfe gesehen werden, niemals aber als entscheidender Faktor für eine Unternehmensgründung. Daraus ergibt sich ein weiteres Ziel dieses Buches: falsche Hoffnungen zurechtzurücken. Wer davor erschrickt, was er alles in einem Unternehmenskonzept berücksichtigen muß, wird kaum weniger erschrecken, wenn der Markt nicht so euphorisch auf seine Idee reagiert, wie er dies erhofft hat, wenn der Weg wesentlich steiler und hindernisreicher wird als erwartet. Noch ein Letztes zum Beginn: Häufig wird ein Business Plan einzig und allein für externe Leser geschrieben. Diese externen Leser sind vor allem Banken und Förderungsstellen. Wahrscheinlich gibt es jetzt Proteste: Gerade diese Gruppen brauchen doch für ihre Entscheidungen Geschäftspläne, sie verlangen sie! Das ist sicherlich richtig. Aber realisieren muß den Geschäftsplan nicht die Bank, sondern Sie selbst, Sie, der Unternehmer. Nur wenn Sie selbst in diesem Plan niederlegen, was Sie tun wollen und tun werden, nur dann, wenn Sie wissen, wie der erste Tag in Ihrem Unternehmen beginnen, weitergehen und enden soll, die erste Woche, der erste Monat, das erste Jahr, wenn Sie Ihren Plan leben – dann lebt der Plan. Alles andere ist graue Theorie.

Mehrere Elemente für Ihren Plan finden Sie in diesem Buch:

- gewußt was (die Idee)
- gewußt wie (das „Know-how“)
- gewußt wie nicht (die zu vermeidenden Fehler)

Verwirklichen Sie Ihre Vision weder optimistisch noch pessimistisch, sondern realistisch. Wischen Sie Warnungen nicht einfach vom Tisch mit der Bemerkung „Ohne Risiko kann man kein Unternehmen gründen". Bedauerlicherweise gibt es genügend verantwortungslose Ratgeber, welche diese Ansicht noch unterstützen – auf Ihre Kosten, wohlgemerkt! Verstehen Sie Warnungen nicht als Miesmacherei, sondern als Aufforderung, nach brauchbaren Lösungen zu suchen. Eine Lösung für ein später nicht auftretendes Problem bereit zu halten ist ungefährlich, eine fehlende Lösung für ein akutes Problem kann existenzbedrohend werden. Für Ihren Wagemut bleiben noch genügend Risikobereiche.

Wir werden die Entwicklungsstufen bis zur eigentlichen Unternehmensgründung gemeinsam Schritt für Schritt durchgehen, Überlegungen erarbeiten, Konzepte formulieren, korrigieren, verwerfen, neu erarbeiten, so lange, bis Sie fühlen, daß Sie startbereit sind, bis Sie wissen, wie Sie erfolgreich werden, was genau Sie tun wollen und sollen, bis Sie Ihr Konzept so gut durchgearbeitet haben und damit von seiner Machbarkeit überzeugt sind, daß Sie auch andere davon überzeugen – Banken, Förderungsstellen, aber vor allem: den Markt, Ihre Kunden. Denken Sie also bei der Abfassung Ihres Plans immer daran, daß Sie damit im Grunde Ihre Kunden ansprechen wollen.

Genug der Vorbemerkungen, beginnen wir unsere Arbeit.

Viel Erfolg bei Ihrer Unternehmensgründung und bei der Entwicklung Ihres Unternehmens!

Roman Hofmeister

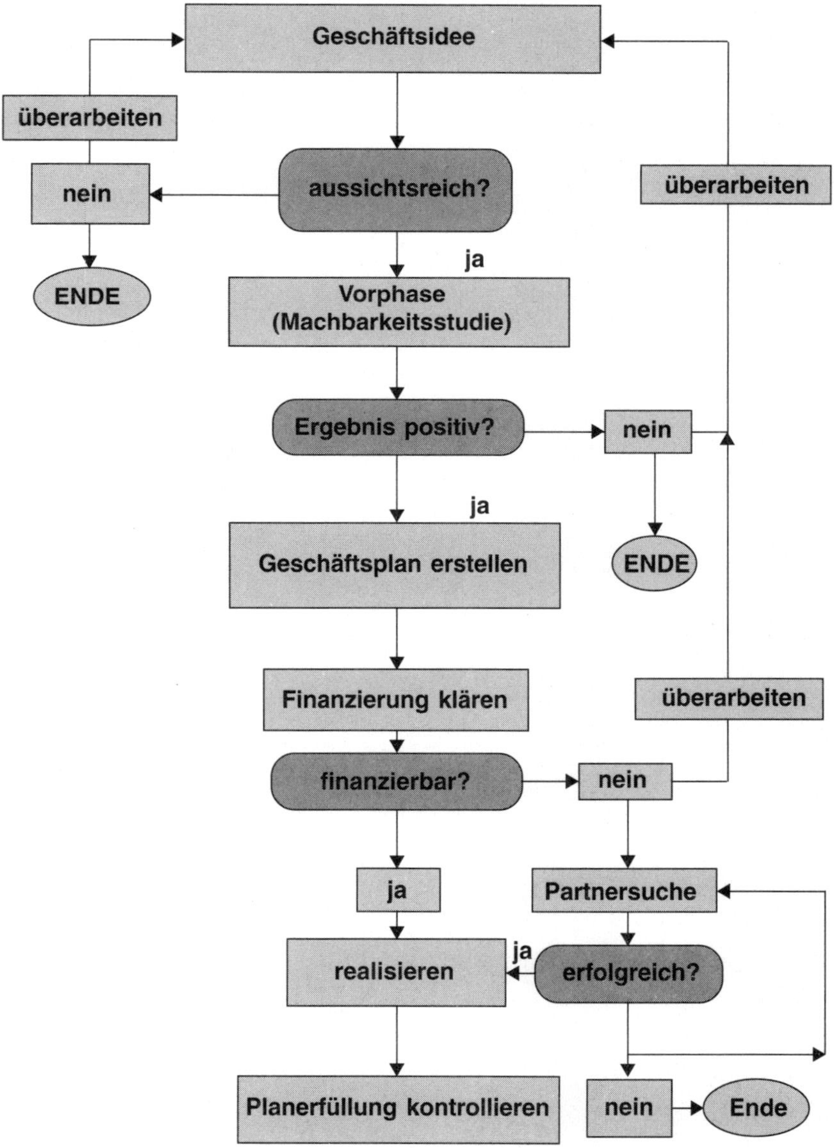
Geschäftsidee
überarbeiten
nein
aussichtsreich?
überarbeiten
ENDE
ja
Vorphase
(Machbarkeitsstudie)
Ergebnis positiv?
nein
ja
Geschäftsplan erstellen
ENDE
Finanzierung klären
überarbeiten
finanzierbar?
nein
ja
Partnersuche
ja
realisieren
erfolgreich?
Planerfüllung kontrollieren
nein
Ende

1 Die Geschäftsidee

Dieses Kapitel ist gewissermaßen ein Vorspann zum eigentlichen Business Plan. Auch dann, wenn Sie bereits eine Geschäftsidee haben, d. h., wenn Sie wissen, mit welchem Leistungsprogramm Sie Ihr Unternehmen gründen wollen, sollten Sie nicht darüber hinweggehen. Dazu etwas Statistik (fragwürdig, wie fast alle Statistiken, aber immerhin bedenkenswert): Nur etwa 10–20 % aller Geschäftsideen (Produktideen, Leistungsideen) sind erfolgreich. Das ist kein Grund zum Pessimismus. Ist Ihre Idee gut, brauchen Sie die Überprüfung nicht zu scheuen, ehe Sie damit viel Geld verdienen. Ist sie nicht ganz so gut, sollten Sie Ihre Chancen nützen, viel Geld zu sparen.

1.1 Ideenfindung

Als zukünftiger Unternehmer beschäftigen Sie sich vermutlich gerne mit Erfolgsgeschichten von Unternehmen. Zeitungen, Zeitschriften und Bücher bringen ja eine Fülle solcher Geschichten, vor allem über die Aufsteiger und über die Versager. Das Außergewöhnliche interessiert die Presse. Vielleicht werden Sie einst auch interessant für die Presse – im positiven Bereich, versteht sich. Zunächst sind Sie vermutlich nur interessant als Anzeigenkunde – es sei denn, Sie haben eine zündende Idee.

Wie lesen Sie diese Geschichten, was empfinden Sie dabei? Ist es für Sie eine Story, Unterhaltung, oder ist es

Information? Was lernen Sie daraus? Was sehen Journalisten bei einem Unternehmen zuerst: Ursachen oder Wirkungen des Erfolgs? Wenn Sie in der Situation des Unternehmers wären, über dessen Erfolge berichtet wird – würden Sie sich wiedererkennen? Würde ersichtlich, welche Erfolgsfaktoren wirksam waren? Würde Ihre Idee und das Entstehen Ihrer Idee erkennbar? Für Sie als zukünftigen Unternehmer ist doch vor allem wichtig zu erfahren, wie die Erfolgreichen auf die richtige Idee kamen – oder über sie stolperten, wie sie diese Idee umgesetzt haben, wer ihnen dabei in welcher Form geholfen hat. Warum war ausgerechnet Bill Gates so enorm erfolgreich, daß er innerhalb weniger Jahre zu einem der reichsten Männer der Welt wurde, obwohl es doch so viele Softwarehäuser gibt? Warum scheitern andere?

Trainieren Sie sich darauf, den Informationsgehalt von Nachrichten auf Nützlichkeit für Sie und Ihren Unternehmensplan zu untersuchen. Nicht Sensationen sind für Sie nützlich, sondern die Erkenntnis der Wirkkräfte.

Ideen werden dann erfolgreich, wenn sie dazu beitragen, gegenwärtige oder zukünftige Probleme der Kunden/des Marktes besser zu lösen. Dazu eine Formel:

Idee (= Problemlösung) + richtiger Zeitpunkt + richtige Durchführung = Erfolg

Der amerikanische Managementspezialist Peter Drukker nannte zwei Erfolgsfaktoren: Das Richtige tun und das Richtige richtig tun. Eine Geschäftsidee zum richtigen Zeitpunkt umsetzen heißt, das Richtige zu tun. Aufgabe des Business Plan ist es, das Richtige richtig zu tun,

d. h. die Umsetzung so zu gestalten, daß der Erfolg nicht durch eine mangelhafte Durchführung gefährdet ist.

Doch wie kommt man zu erfolgversprechenden Geschäftsideen? In ihrem Buch „Wettlauf um die Zukunft“[1] sprechen Prahalad und Hamel davon, daß die Zukunft „erfunden“ werden müsse, d. h., der erfolgreiche Unternehmer müßte nicht nur gegenwärtige Probleme und Bedürfnisse erkennen, sondern zukünftige erahnen. Damit haben Sie zwar einen griffigen Ansatz, wissen aber noch immer nicht, wie Sie zu einer guten Geschäftsidee kommen. Ehe Sie Ideen kaufen, sei es von Firmen, die sich mit dem Verkauf von Geschäftsideen beschäftigen (das gibt es), oder indem Sie Franchisenehmer werden (davon später), oder über Surfen im Internet oder über Kauf eines bestehenden Unternehmens, sollten Sie folgenden Grundsatz befolgen:

Grundsatz 1: *Gute Ideen findet man nur auf seinem zukünftigen Markt.*

Sie müssen Ihren zukünftigen Markt kennen, um ihm gute Problemlösungen zu bringen. Sie müssen vor allem seine ungelösten Probleme kennen, seien sie gegenwärtig (dann müssen Sie Lösungen finden, ehe ein anderer mit Lösungen kommt, also üblicherweise sehr rasch) oder zukünftig. Um zukünftige Problemlösungen zu finden, müssen Sie ein Szenario für Ihren Markt entwickeln: Welche Trends werden sich in welcher Form auswirken? Welche Probleme werden daraus entstehen?

[1] Hamel Gary/Prahalad, C. K.: Wettlauf um die Zukunft. Deutsche Ausgabe: Wien 1995

Vielleicht fragen Sie nun, was Ihr zukünftiger Markt ist. Fragen Sie genauer, wer Ihr zukünftiger Kunde sein soll. Dazu einige Angebote für die Strukturierung:

- Endverbraucher
- Wiederverkäufer
- Produzenten
- Dienstleistungsunternehmen

Um gute Geschäftsideen einbringen zu können, müssen Sie die Probleme und die existierenden Problemlösungen sowie deren Stärken und Schwächen kennen. Das kann in praktisch jedem Geschäftszweig sein. Als Einzelhändler heißt das, ungelöste Einkaufswünsche an einem bestimmten Standort zu erfüllen oder bessere Lösungen (sei es qualitativ, in der Angebotsform oder im Preis) anzubieten, als Handwerker individuelle Produktlösungen zu bieten, als EDV-Lieferant schlecht gelöste Informationsbedürfnisse für Firmen abzudecken (sei es im Bereich Hardware, Software, Betriebsdatenerfassung, Datenschutz oder Datenorganisation).

So gehen Sie vor

Sie beginnen am besten damit zu überlegen, für welche Zielgruppe(n) Sie Leistungen (Produkte, Dienstleistungen, Beratung, Service) anbieten wollen. Dabei sollten Sie grundsätzlich von Ihrem beruflichen Erfahrungshintergrund oder Ihren privaten Interessen und Steckenpferden ausgehen, oder, falls das nicht möglich ist, von einer umfassenden, tiefgründigen Ausbildungsbasis. Eine solche solide Ausbildung wird aber eher im technischen oder technologischen Bereich ausreichend sein als in all jenen Bereichen, in denen erst Wissen zu Erfahrung umgewandelt sein muß, um erfolgreich zu werden. Wie auch immer: Nur der kann erfolgreich sein, der von der Sache etwas versteht. Dazu etwas Statistik: Die Erschließung neuer Märkte mit neuen Produkten oder Leistungen und neuer Technologie (d. h. für Sie: noch unbekanntes Know-how) ergibt eine Mißerfolgswahrscheinlichkeit von 100 %, d. h.: Das Scheitern ist so gut wie programmiert.

Haben Sie mangelhaft gelöste Probleme gefunden, kommt der nächste Schritt. Sie überprüfen,

- von wem
- zu welchen Kosten
- mit welchen Leistungslücken

derzeit das Problem gelöst ist, welcher Nutzen dem Kunden dadurch verloren geht bzw. welcher Schaden durch die Nichtlösung entsteht. Anders ausgedrückt: Versuchen Sie herauszufinden, wie groß das Interesse des Kunden an einer guten Problemlösung ist. Können Sie das Interesse als groß einschätzen, ist Platz für eine neue Geschäftsidee. Es spielt dabei keine Rolle, in welcher Branche oder in welchem Leistungsbereich Sie arbeiten wollen. Bedarf gibt es in sehr vielen Bereichen, nicht nur in den Modebranchen Elektronik, Biochemie, Gentechnik, Umweltschutz und Energienutzung. Denken Sie nur beispielsweise an die veränderten Angebotsformen im Nahrungsmittelbereich in den letzten Jahren, sei es hinsichtlich Verpackungsgestaltung oder Haltbarkeit, an den neuen Marktbedarf an EDV-Programmen zur Erfassung der für die Qualitätsnormen erforderlichen Daten oder an technische Geräte für Produktprüfungen zur Erfüllung von EU-Normen und vieles andere mehr.

Wenn Sie Klarheit darüber gewonnen haben, welches Problem Ihres Marktes Sie lösen wollen, kommt die technische Komponente, d. h. die Form der Lösung. Dazu gibt es viele Methoden:

- kreative
- analytische
- heuristische (Versuch und Irrtum)

Kreative Methoden sind vor allem in wenig bis gar nicht strukturierten Bereichen anzuwenden. Analytische Ansätze gründen auf einer Untersuchung vorhandener Materialien (Publikationen, Prototypen, Patente etc.), auf Analogien (beispielsweise zu Strukturen, die in der Natur vorhanden sind, zu vergleichbaren Problemstrukturen in anderen Bereichen) und der Einbindung in ein existierendes System. Versuch und Irrtum bauen auf beiden Verfahren auf.

Ehe Sie als Inhaber eines Handwerksbetriebes oder eines Softwarehauses nun das Buch zuschlagen, weil Sie den Eindruck haben, das träfe doch auf Sie nicht zu, überlegen Sie noch einmal. Nehmen wir an, Sie hätten einen Betrieb zur Wohnmöbelerzeugung. Vielleicht haben Sie diesen Betrieb von Ihrem Vater geerbt. Jahrzehntelang hat Ihr Vater bewiesen, daß dieser Betrieb erfolgreich geführt werden kann. Sie sollen diesen Erfolg weiterführen. Auch Sie sind ein gut ausgebildeter, fähiger Tischler. Aber: Ist Ihr Markt noch der gleiche wie der, für den Ihr Vater produziert hat? Haben Sie noch seinen Kundenkreis? Die gleichen Stammkunden? Wollen Ihre Kunden das gleiche Design? Seit wann gibt es den Möbelgroßmarkt in Ihrer Nähe? Erst seit kurzem? Hat sich dadurch nichts geändert? Genügt die alte

Geschäftsidee noch für den Erfolg? Fragen über Fragen, aber: Jede Antwort beginnt mit gut formulierten Fragen, häufig mit unangenehmen Fragen, deren Beantwortung schwierig ist.

Grundsatz 2: ***Geschäftsideen leben nicht ewig. Ein auf Dauer ausgelegter Betrieb muß kontinuierlich an der Erarbeitung neuer Geschäftsideen arbeiten.***

Zum Abschluß wollen wir uns mit gefährlichen Fehlern bei der Entwicklung von Geschäftsideen beschäftigen (Die Warnungen werden in weiterer Folge mit folgendem Zeichen versehen):

- Lösungen für Probleme der Vergangenheit
- Technisch zu anspruchsvolle Lösungen (für den Kunden zu wenig verständlich, zu hoher Erklärungsbedarf)
- Produktlösungen, nicht Problemlösungen
- Insellösungen (nur Teilbereiche werden gelöst)
- Kosten > Nutzen
- Kosten > Preis der Konkurrenzlösung
- Technisch unausgereifte Produkte
- Servicebedürftige Lösungen ohne entsprechende Serviceorganisation
- Unkreative (sogenannte „Me too“ – „Ich-auch“-Lösungen)
- Lösungen für einen überbesetzten Markt

- Geschäftsideen für einen schrumpfenden oder verschwindenden Markt
- Lösungen für einen zu geringen Marktbedarf (d. h. Entwicklungskosten > möglicher Umsatz bzw. möglicher Deckungsbeitrag)
- Zu teure Lösungen für einen zu kurzen Lebenszyklus
- Kritiklose Übernahme alter Geschäftsideen (bei Betriebsübernahme)
- Produktentwicklungen, die nicht den technischen Normen und Vorschriften entsprechen
- Produktentwicklungen, bei denen behördliche Verbote zu erwarten sind

1.2 Ideenprüfung

Nach der schwierigen Phase der Entwicklung einer Geschäftsidee beginnt die Arbeit an der Idee. Gehen Sie nun von Ihrer ganz konkreten Geschäftsidee aus, also von jenem Produkt- und Leistungsprogramm, mit dem Sie sich selbständig machen wollen. Jetzt nehmen wir Ihre Idee unter das Mikroskop. Antworten Sie ehrlich, und schlagen Sie Warnungen und Hinweise nicht in den Wind:

Was haben Sie grundsätzlich zur Prüfung Ihrer Geschäftsidee unternommen (Mehrfachantworten erlaubt)?

a) nichts
b) Marktforschung
c) technische Prüfung von Prototypen
d) eigene Prüfungen bei zukünftigen Kunden
   d1) durchwegs bei Bekannten
   d2) bei weniger als 10
   d3) bei mehr als 10
   d4) bei so vielen, daß der erforderliche Mindestumsatz höchstwahrscheinlich erreicht werden kann

Wenn Sie ehrlicherweise a angekreuzt haben, sollten Sie Ihre Geschäftsidee überprüfen und erst danach weiterlesen.

Haben Sie sich um technische Zulassungsvorschriften gekümmert?
a) mache ich erst, wenn Prüfungen kommen
b) mache ich erst, wenn ich Aufträge habe
c) alles Erforderliche ist beantragt
d) die erste Stellungnahme der zuständigen Behörde ist positiv
e) Bewilligungen sind vorhanden

Sie wissen, daß die Versionen a und b gefährlich werden können, und bei c sollten Sie dem Verbleib Ihres Antrages nachgehen.

Wie waren die Reaktionen Ihrer Kunden?
a) negativ, ablehnend
b) freundlich abwartend
c) positiv interessiert
d) Aufträge liegen schon vor

Haben Sie hinter die freundlichen Worte bei b und c gehört? Sind das vielleicht nur Lippenbekenntnisse gewesen, um Sie oder Ihren Marktforscher loszuwerden?

Welche ergänzenden Ideen haben Sie aus den Kundengesprächen erhalten?

a) keine
b) einige unwesentliche
c) wichtige, die zur Überarbeitung der Idee geführt haben

Wenn Sie a und b als zutreffend bezeichnet haben: Könnte es nicht sein, daß Sie den Kunden überreden wollten oder daß Sie ihm nicht zugehört haben? Oder, wenn Sie einen Marktforscher beauftragt haben, hat er die richtigen Fragen gestellt und die richtigen Antwortvorgaben ausgearbeitet? Hat er Ihrem Kunden überhaupt die Chance gegeben, seine Meinung zu äußern?

Wie rasch kommen Sie mit Ihrer Idee auf den Markt?

a) in etwa einem Jahr
b) in etwa einem halben Jahr
c) in ein bis zwei Monaten

Bei a: Glauben Sie, daß Ihre Kunden lange genug warten? Welche Ihrer Konkurrenten könnten schneller sein?

Angenommen, ich würde mich für Ihr Produkt bzw. Ihre Dienstleistung interessieren. Wo werde ich diese beziehen können?

a) überall
b) in meinem Einzugsgebiet überall

c) in meinem Einzugsgebiet bei ausgewählten Vertriebsstellen
d) nur bei Ihnen

Wenn a für Sie zutrifft, sind Sie sicher ein internationaler Konzern. Zu b gehört schon eine erhebliche Marktdurchdringung. Bei c überlegen Sie bitte, wie Ihre Kunden von den Vertriebsstellen erfahren, bei d wie sie von Ihnen und Ihrer Leistung hören.

Was wissen Sie über Ihre Konkurrenz, über deren Stärken und Schwächen?
a) ich habe keine Konkurrenz
b) nichts/wenig
c) ich komme aus einem Konkurrenzbetrieb
d) ich glaube, die wichtigsten Konkurrenten zu kennen
e) ich habe mich intensiv mit den Konkurrenten beschäftigt

Im Falle der Antwort a: Wie können Sie so sicher sein? Antwort b ist zwar bescheiden, sollte Sie aber dazu anregen, Versäumtes nachzuholen. Im Falle von c wissen Sie sicher einiges – aber kennen Sie tatsächlich die Spielregeln des Marktes, nicht nur die Schwächen Ihres ehemaligen Arbeitgebers? Zu d: Glauben allein ist zu wenig. Forschen Sie nach – auf Messen, bei Kunden, bei Lieferanten, in Fachpublikationen etc.

Und dann gibt es eine Person, die Ihnen in Ihrem bisherigen Berufsleben, aber auch privat, sicherlich schon begegnet ist, die Sie auch bei der Entwicklung Ihres Geschäftsplans einspannen sollten:

Der Miesmacher.
Vornehm nennt man ihn den „Advocatus Diaboli", den „Anwalt des Teufels", obwohl er häufig nur ein sauertöpfischer Querulant ist. Wenn Sie von Ihrer Geschäftsidee überzeugt sind und diese bereits zu einer Vision entwickelt haben (nicht zu früh, damit das zarte Ideenpflänzchen nicht am Gift des Miesmachers stirbt), sollten Sie erstmals mit dem Miesmacher darüber reden. Entwickeln Sie die Idee vor ihm, lassen Sie ihn darüber herfallen, testen Sie Ihre Argumente, indem Sie versuchen, ihn zu überzeugen. Kann er nur mehr mit Killerphrasen reagieren (d. h. mit Behauptungen, die nur darauf abzielen, recht zu behalten, ohne eigentlichen argumentativen Hintergrund, wie beispielsweise: „Das haben schon viele versucht und sind gescheitert" oder: „Warum sollten ausgerechnet Sie das schaffen" u. a. m.), liegen Sie offensichtlich schon recht gut. Miesmacher fühlen sich wohl, wenn sie Ideen und Leistungen anderer schlecht machen können. Es gibt sie vermutlich in großer Zahl bei Ihren potentiellen Kunden, bei Ihren Gesprächspartnern oder bei Banken, Sie werden damit leben müssen. Häufig sind es jene Kunden, die zwar genau Ihrer Zielgruppe entsprechen und von Ihrer Geschäftsidee Nutzen hätten, die aber in ihrem eigenen Geschäft versagt haben oder auf der Verliererseite sind. Daher: Ehrliche Gegenargumente helfen Ihnen und stärken Sie dadurch, daß Sie Schwächen frühzeitig erkennen. Lassen Sie sich durch solche Leute nicht entmutigen. Ihre Miesmacherei ist eine Feuerprobe, die Sie und Ihre Geschäftsidee bestehen müssen.

2 Vorphase (Machbarkeitsuntersuchung)

Hat die Prüfung Ihrer Geschäftsidee Ihre Hoffnungen bestätigt, beginnt die nächste Phase. Noch immer sind wir nicht beim eigentlichen Geschäftsplan. Diese Vorphase sei als „Machbarkeitsstudie" („feasibility study") bezeichnet, obwohl der hier dargestellte Inhalt dieser Studie nur teilweise jenem entspricht, der üblicherweise so bezeichnet wird. Der Sinn der Machbarkeitsstudie ist es, ohne größere Kosten die Durchführbarkeit der Geschäftsidee zu überprüfen. Die Ausarbeitung des eigentlichen Geschäftsplan sollte erst dann in Angriff genommen werden, wenn die Ergebnisse der Machbarkeitsstudie positiv sind.

2.1 Unternehmer

Erster Untersuchungsbereich sind Sie selbst, vielmehr Ihre Qualitäten als Unternehmer oder Geschäftsführer. Die Umsetzung einer Geschäftsidee verlangt einen Unternehmer. Er ist die treibende Kraft. Nicht der Berater, der Ihnen einen Floh ins Ohr gesetzt hat, nicht der Franchisegeber, nicht die Bank, nicht die Wirtschaftsvertretung, nicht die Politiker, nur Sie selbst sind es, der die Geschäftsidee umsetzen muß. Sie selbst, und nur Sie allein, müssen dazu in der Lage sein. Goethes Faust sagt zu seinem Famulus Wagner: „Wenn Ihr's nicht fühlt, Ihr werdet's nicht erjagen." Die Anregungen dieses Buches werden Ihnen nur dann wirklich helfen, wenn Sie im Grunde Ihres Herzens Unternehmer sind, den einige Charakteristika auszeichnen:

- Sie sind freiheitsliebend, vertragen keinen Chef über sich. Dieses Motiv ist eines der Hauptmotive, sich selbständig zu machen.
- Sie wollen und können unabhängig entscheiden.
- Sie sind selbständiges Handeln ohne Vorgaben gewohnt.
- Sie sind fähig, andere zu begeistern.
- Sie sind psychisch und physisch belastbar. Eine Arbeitswoche von mehr als 80 Stunden schreckt Sie nicht.
- Sie haben den Rückhalt Ihrer Familie.
- Sie sind leistungsorientiert.
- Sie haben den Willen zum Erfolg.
- Sie haben den Willen zum Gewinn.
- Sie verzweifeln nicht bei Niederlagen.
- Sie sind in der Lage, Wesentliches von Unwesentlichem zu unterscheiden.
- Sie sind neugierig, ständig auf der Suche nach Neuem und bereit, ständig zu lernen.
- Sie denken in Lösungen, nicht in Problemen.
- Sie blicken nicht zurück, sondern nach vorne. Fehler sind für Sie nicht Anlaß, nach Schuldigen zu suchen, sondern ein Ansporn, zukünftige Fehler zu vermeiden.
- Sie sind kontaktfreudig.
- Sie wissen, daß Ihr Erfolg darin besteht, Kundenbedürfnisse zu erfüllen und deren Probleme zu lösen.

Daneben gibt es noch spezielle Voraussetzungen. Fachlich muß der Unternehmer die Kernbereiche seines Unternehmens beherrschen, d. h., der Unternehmer darf bei den eigentlichen Erfolgsfaktoren seines Unternehmens nicht von Mitarbeitern oder anderen Personen abhängig sein. Ein Handelsunternehmer muß verkaufen können, der Unternehmer eines technisch orientierten Betriebes muß die Technik beherrschen, ein Modebetriebsinhaber muß ein Gefühl für den richtigen Einkauf haben und in der Lage sein, gute von schlechter Qualität zu unterscheiden, ein Gastronom muß in Küche und Keller Bescheid wissen, und sei es, um seine Mitarbeiter entsprechend einzuweisen. Wer die Kernfunktionen seines Unternehmens nicht beherrscht, steht bald auf verlorenem Posten.

Neben den fachlichen Voraussetzungen müssen noch rechtliche Anforderungen erfüllt werden, insbesondere gewerberechtliche. Sie müssen als zukünftiger Unternehmer den Bedingungen für eine Gewerbeberechtigung entsprechen. Es gibt zwar die Möglichkeit, einen gewerberechtlichen Geschäftsführer einzustellen, doch dadurch werden Sie von dieser Person abhängig. Je schwieriger und langwieriger der Erhalt einer Gewerbeberechtigung für Ihr zukünftiges Unternehmen ist, desto eher müssen Sie sich darum kümmern. Sicherlich sind im Gewerberecht in Deutschland wie in Österreich (hier noch erheblich mehr) alte Zöpfe versteckt, die mit fachlicher, unternehmerischer Fähigkeit nichts zu tun haben, bürokratische Hürden, die für den eigentlichen Unternehmenszweck sinnlos sind und bloß überwunden werden müssen. Dennoch bedeutet ein Fehlen der

Gewerbezulassung ein ernstes Hindernis für Ihr Unternehmen.

2.2 Rechtsform

Die Frage der Rechtsform bestimmt den Umfang Ihrer persönlichen Haftung für alle Eventualitäten der Unternehmensexistenz, die Personen, die für Ihr Unternehmen handeln dürfen, die Fähigkeit des Unternehmens, Träger von Rechten und Pflichten zu sein, und auch die Form der Gewinnbesteuerung. Sie können Ihr Unternehmen gründen

- als Einzelunternehmen (Sie handeln selbst, d. h. als natürliche Person),
- als Personengesellschaft (mit teilweise eigener Rechtspersönlichkeit) oder
- als Kapitalgesellschaft (die eine juristische Person mit eigener Rechtspersönlichkeit darstellt).

Weitere Rechtsformen wie etwa ein Verein werden üblicherweise für Wirtschaftsunternehmen nicht in Frage kommen.

Wir wollen im Folgenden die wichtigsten Rechtsformen in Deutschland, Österreich und der Schweiz kurz besprechen. Solche Ausflüge in die Juristerei bleiben Ihnen als Unternehmer nicht erspart. Im Laufe Ihres Unternehmerdaseins werden Sie noch eine ganze Menge juristischer Grundkenntnisse benötigen, etwa für Verträge aller Art. Dieses Wissen zählt nicht zum Kernbereich Ihres Unternehmens (es sei denn, Sie wollen eine Rechtsanwaltskanzlei eröffnen), d. h., Sie können einen Anwalt damit beschäftigen.

2.2.1 Einzelunternehmen

Als Einzelunternehmer (eine der häufigsten Rechtsformen in Deutschland und Österreich) müssen Sie selbst gewerbeberechtigt sein. Ihr Unternehmen tritt unter Ihrem Namen auf, Sie können allerdings eine Zusatzbezeichnung anführen, damit Ihr Kunde schon in Ihrem Firmennamen erkennt, mit welchem Unternehmer er zu tun hat. Für alle Verbindlichkeiten des Unternehmens haften Sie persönlich, d. h., erforderlichenfalls wird nicht nur das Firmenvermögen zur Abdeckung von Schulden herangezogen, sondern auch Ihr Privatvermögen. Sollten Sie oder Ihre Mitarbeiter einen Schaden verursachen, indem Sie etwa eine Leistung mangelhaft ausführen, haften Sie selbst unbeschränkt dafür. Das kann im Rahmen der Produkthaftung (die sich in den meisten Ländern auch auf Folgeschäden erstreckt, also nicht nur auf den Ersatz des fehlerhaften Produktes, sondern auch auf die durch den Mangel verursachten Schäden) sehr viel sein. Ihr gesamtes Vermögen (gegenwärtig wie zukünftig, im Falle eines Konkurses, zumindest theoretisch, 30 Jahre) steht auf dem Spiel. Für den Fall einer längerdauernden Abwesenheit können Sie nur dann einen Prokuristen bestellen, wenn Sie eine registrierte Firma haben, d. h. im Firmenbuch eingetragen sind. Das zu tun oder zu unterlassen hat wiederum u. a. steuerliche Gründe. Bedenken Sie jedoch, daß Ihr Unternehmen möglicherweise handlungsunfähig wird, wenn Sie erkranken oder verunfallen.

Vielleicht denken Sie nun: Das sind doch lauter sehr unangenehme Dinge. Warum gründet überhaupt noch jemand eine Einzelfirma? Die Gründung einer Einzelfirma ist billig, wesentlich billiger als die Gründung einer Kapitalgesellschaft. Voraussetzung ist nur die Gewerbeberechtigung. Außerdem kann die Einzelfirma sehr rasch gegründet werden, Sie brauchen keinen Partner, keinen Vertrag und damit keinen Notar und keinen Anwalt, müssen sich nicht mit dem Registergericht ärgern, weil Formmängel im Gesellschaftsvertrag beanstandet werden, kurzum: Sie können rasch beginnen. Im angloamerikanischen Raum gibt es Kapitalgesellschaften („corporations"), die ebenso einfach gegründet werden können – nicht immer zum Vorteil ehrlicher Geschäftsleute. Solche Corporations können nämlich auch ganz einfach wieder geschlossen werden, und der nicht bezahlte Lieferant hat praktisch keine Chance, zu seinem Geld zu kommen.

Ein gewisser Vorteil, der allerdings bei unvorsichtiger Geschäftsgestaltung fatale Folgen haben kann, ist die Möglichkeit, Privatentnahmen zu tätigen. Privatentnahmen können den Gewinn übersteigen (sofern Geld vorhanden ist, und das kann bei positivem Cash-flow – ein Begriff, den wir später noch öfter verwenden werden – durchaus der Fall sein; man zehrt aber dann als Unternehmer von der Substanz). Im Fall gewinnübersteigender Privatentnahmen wird Eigenkapital verbraucht. Nach Aufbrauchen des Eigenkapitals entsteht Überschuldung, d. h., das Vermögen ist geringer als das Fremdkapital. Und: Besteuert wird der Gewinn, nicht die Privatentnahme.

Wie auch immer: Überlegen Sie genau, ob eine Einzelfirma oder ein nicht registriertes Einzelunternehmen für Sie die richtige Rechtsform sein könnte. Sie haben durch Ihre unbeschränkte persönliche Haftungsbereitschaft zwar bei den Kreditgebern von Anfang an mehr Chance auf Vertrauen, andererseits kann ein Seiltanz ohne Netz auch lebensgefährlich werden. Aus Kostengründen sind Sie vielleicht gezwungen, mit einem Einzelunternehmen zu beginnen, wenn Sie nicht von vornherein einen Teil Ihres knappen Eigenkapitals für Verträge und Registrierungskosten verwenden wollen. Bei Risikobegrenzung sollten Sie nicht vordergründig an die üblichen Geschäftsrisiken denken, d. h. an das Risiko von Verlusten, das Risiko zu knapper Finanzierung etc., sondern vor allem an die speziellen Risiken, die sich aus der Art Ihres Geschäftes ergeben, insbesondere aus Produkthaftung oder vertraglichen Haftungen. Die üblichen Geschäftsrisiken können Sie nämlich auch als Geschäftsführer oder Vorstand einer Kapitalgesellschaft nur bedingt vermeiden (dazu später).
Fassen wir zusammen: Einzelunternehmen bzw. Einzelfirma bedeutet:

- persönliche, unbeschränkte Haftung
- Vertretung durch Prokuristen nur im Falle einer Registrierung im Firmenbuch (Handlungsvollmachten, etwa Bankzeichnungen, können aber vergeben werden)
- vorhandene Gewerbeberechtigung
- niedrige Gründungskosten
- rasche Gründung
- eingeschränkte Möglichkeiten der Kapitalaufbringung auf dem Kapitalmarkt

- geringe soziale Absicherung
- Möglichkeit von Privatentnahmen (auch gewinnüberschreitend)
- keine Entnahmenbesteuerung, sondern Gewinnbesteuerung

2.2.2 Personengesellschaften

Bei Personengesellschaften gibt es mehrere natürliche Personen, die das Unternehmen gründen und (teilweise) führen. Die erste Form der Personengesellschaft, die hier besprochen werden soll, bezeichnet Kirst[2] als „Grundtypus der Personengesellschaft“:

2.2.2.1 Gesellschaft nach bürgerlichem Recht (BGB-Gesellschaft, GbR)

Die Gesellschaft nach bürgerlichem Recht ist ein Zusammenschluß mehrerer Personen zur Gründung eines Unternehmens, von denen jede gewerbeberechtigt sein muß. Die Geschäftsführungsbefugnis und Vertretungsmacht stehen laut Gesetz sämtlichen Gesellschaftern zu.[3] Die Haftung für die Verbindlichkeiten des Unternehmens ist unbeschränkt und solidarisch, d. h., jeder Gesellschafter haftet mit seinem gesamten Vermögen.

Kirst empfiehlt den Gesellschaftern den Abschluß eines Gesellschaftsvertrages mit folgendem Mindestinhalt:[4]

---

[2] Kirst, Uwe (Hrsg.): Selbständig mit Erfolg. Unternehmensgründung und -führung in der Praxis 2. Auflage, Köln 1995

[3] Kirst, a.a.O., S. 102

[4] Kirst, a.a.O., S. 103

- Geschäftsführung und Vertretung
- Verteilung des Gewinns
- Nachfolgeregelungen
- Handhabung der Gesellschafterversammlung
- Stimmrechte
- Kündigungs-, Ausscheidungs- und Abfindungsregelungen
- Vorschriften über die Liquidation

Diese Punkte sollten auch bei anderen Gesellschaftsformen geregelt sein und sind somit als kleine Checkliste für Vertragsinhalte anzusehen.

Eine Gesellschaft nach bürgerlichem Recht ist keine juristische Person und kann somit als Gesellschaft keine Rechte und Pflichten erwerben. Sie ist auch nicht prozeßfähig, d. h., geklagt können nur die Gesellschafter werden. Für Unternehmensgründungen kann die Gesellschaft nach bürgerlichem Recht nur in Ausnahmefällen als geeignete Variante angesehen werden.

2.2.2.2 Offene Handelsgesellschaft (OHG) und Offene Erwerbsgesellschaft (OEG)

Das Handelsgesetzbuch vom 10. Mai 1987 (BRD) in der geltenden Fassung definiert im §105/1: „Eine Gesellschaft, deren Zweck auf den Betrieb eines Handelsgewerbes unter gemeinschaftlicher Firma gerichtet ist, ist eine offene Handelsgesellschaft, *wenn bei keinem der Gesellschafter* die Haftung gegenüber den Gesellschaftsgläubigern beschränkt ist."[5] (Hervorhebung vom Autor).

[5] Handelsgesetzbuch der Bundesrepublik Deutschland vom 10. Mai 1987. Änderungen berücksichtigt bis 1992, zitiert nach Walhalla Textausgaben, Berlin/Bonn/Regensburg 1993

Beachten Sie dabei vor allem:

- daß es sich um eine gemeinsame Firma handelt, Sie also nicht als Einzelperson, sondern in der Gesamtheit der Gesellschafter auftreten (Firma lt. §17/1 HGB: „Die Firma eines Kaufmanns ist der Name, unter dem er im Handel seine Geschäfte betreibt und die Unterschrift abgibt.“);
- daß unbeschränkte, persönliche und solidarische Haftung gilt, d. h., jeder Gesellschafter haftet für die Verbindlichkeiten des Unternehmens mit seinem gesamten Vermögen.

In der Praxis ist eine OHG nur dann sinnvoll, wenn die Gesellschafter einander so gut kennen, daß sie einander unbegrenzt vertrauen können, und das auf Dauer, denn jeder der Gesellschafter könnte durch unbedachte Handlungen und schlechte Geschäfte seine(n) Mitgesellschafter in wirtschaftliche Schwierigkeiten bringen. Es muß gute Gründe geben, warum eine unbeschränkte Haftung aller Gesellschafter geplant wird. Die verbesserte Bonität bei Banken durch die unbeschränkte Haftung mehrerer Personen bringt sicher einen Vorteil, der allerdings meist zu teuer erkauft wird.

Die OHG und ihre kleine Schwester, die OEG (in Österreich für Nicht-Vollkaufleute, z. B. für Freiberufler, auf Grund des Erwerbsgesellschaftsgesetzes[6]), sind angesichts der aktuellen Wirtschaftssituation und der anderen, häufigeren Formen der Unternehmensgründung eher unüblich geworden. Wesentlich öfter wird die folgende Rechtsform gewählt.

---

[6] Madl, Peter: ABC der Geschäftsgründung. 8. Auflage, Wien 1992, S. 20

2.2.2.3 Kommanditgesellschaft (KG) und Kommanditerwerbsgesellschaft (KEG)

Bei der Kommanditgesellschaft gibt es zwei Gruppen von Gesellschaftern:

- Komplementäre (persönliche haftende Gesellschafter) und
- Kommanditisten

Komplementäre haften unbeschränkt mit ihrem gesamten persönlichen Vermögen für die Verbindlichkeiten des Unternehmens, Kommanditisten im allgemeinen nur mit ihrer Einlage. Im allgemeinen heißt, daß vertraglich eine höhere Haftung vereinbart werden könnte.

Noch häufiger als die eigentliche Kommanditgesellschaft wird eine Mischform gewählt, die **GmbH & Co KG**. Dabei ist der persönlich haftende Gesellschafter eine GmbH, d. h. eine Kapitalgesellschaft. Vorteile derartiger Konstruktionen sind:

- steuerliche Gestaltungsmöglichkeiten
- Möglichkeiten der Betriebsaufspaltung (Besitz, Betrieb)
- Gestaltungsmöglichkeiten für die Geschäftsführung
- Entnahmemöglichkeiten
- bessere Geheimhaltung der Beteiligungsverhältnisse

2.2.2.4 Stille Gesellschaft

Die Stille Gesellschaft tritt nach außen nicht auf. Der stille Gesellschafter beteiligt sich mit einer Vermögenseinlage am Handelsgewerbe eines anderen, wobei diese Vermögenseinlage in das Vermögen des Inhabers des Handelsgeschäfts übergeht (§ 230 HGB). Üblicherweise erhält der stille Gesellschafter einen Anteil am Gewinn oder auch eine geringe Basisverzinsung und einen Gewinnanteil. Er kann von einer Verlustbeteiligung ausgeschlossen werden, nicht aber von einer Gewinnbeteiligung (§ 231 HGB). Im Konkurs des Handelsgeschäfts kann der stille Gesellschafter seine Forderung als Konkursgläubiger geltend machen, soweit sie den Betrag des auf ihn fallenden Anteils am Verlust übersteigt (§ 236 HBG).

2.2.3 Kapitalgesellschaften

Kapitalgesellschaften sind juristische Personen, d. h., sie haben eine eigene Rechtspersönlichkeit und können damit Träger von Rechten und Pflichten sein. Kapitalgesellschaften handeln über ihre Organe. Die für Unternehmensgründer wichtigste und in Deutschland wie in Österreich mit weitem Abstand häufigste Form der Kapitalgesellschaft ist die GmbH.

2.2.3.1 Gesellschaft mit beschränkter Haftung (GmbH)

Die Rechtsform der GmbH spielt eine zentrale Rolle bei allen Unternehmensgründungen in Deutschland und Österreich, wenn nicht die Rechtsform Einzelunternehmen bzw. Einzelfirma gewählt wird. Eine ebenso zentrale Rolle hat diese Rechtsform auch bei der Ausgliederung von Konzerngeschäftsbereichen in Form eigener Firmen mit eigener Geschäftsführung.

Vorteile einer GmbH

- eigene Rechtsperson, daher Trennung von Privatvermögen und Firmenvermögen
- relativ geringer Kapitalbedarf zur Gründung (Stammkapital in Deutschland € 25.000,—, in Österreich € 35.000,—)
- nur die Hälfte des Stammkapitals muß einbezahlt werden
- teilweise Sachgründung möglich (d. h. Einbringung von Vermögensgegenständen, beispielsweise Computer, Auto etc.)
- nur eine Person ist zur Gründung erforderlich
- begrenzte Haftung für Gesellschafter (Haftung nur mit dem Stammkapital)
- Geschäftsführer muß nicht Gesellschafter sein
- gewerberechtliche Geschäftsführung kann durch einen Nichtgesellschafter beigebracht werden (der allerdings im Unternehmen beschäftigt sein muß oder gleichzeitig als handelsrechtlicher Geschäftsführer fungiert)
- Geschäftsführer mit einem Anteil bis maximal 25 % können Dienstnehmereigenschaft haben (allerdings mit verminderten sozialen Rechten für alle Geschäftsführer, davon später)
- Trennung von Eigentum an Vermögen und Betrieb ist möglich
- Generalversammlung als Eigentümerorgan muß nicht identisch sein mit der Geschäftsführung
- Eigentümer können (bei entsprechender Firmengröße) zur Überwachung und Beratung der Geschäftsführung einen Aufsichtsrat oder einen Beirat bestellen

Nachteile einer GmbH

- gegenüber dem Einzelunternehmen hoher Gründungsaufwand (insbesondere in Österreich durch hohe Kosten der Gewerbeanmeldung und gewinnunabhängige Mindestkörperschaftssteuer, die auch bei Verlust zu bezahlen sind)
- Stammkapital € 25.000,— in Deutschland bzw. € 35.000,— in Österreich
- Formvorschriften hinsichtlich Rechnungslegung und Lagebericht
- Formvorschriften für die Generalversammlung
- Formvorschriften für Gesellschafterbeschlüsse
- Formvorschriften zum Verhalten bei Minderung des Stammkapitals durch Verluste
- Formvorschriften für den Zeitpunkt der rechtzeitigen Insolvenzanmeldung
- rechtliche Konsequenzen für den Geschäftsführer bei Verstoß gegen die Formvorschriften
- keine Möglichkeit von Privatentnahmen
- persönliche Haftung des Geschäftsführers (beispielsweise für bestimmte Steuern und Abgaben, insbesondere jene, bei denen das Unternehmen als Treuhänder agiert, oder für Verstöße des Unternehmens gegen strafrechtlich sanktionierte Bestimmungen) kann nicht völlig vermieden werden
- Veröffentlichungspflicht für den Jahresabschluß

Nicht alle genannten Punkte müssen für Sie als Unternehmensgründer oder Geschäftsführer unbedingt Nachteile im betriebswirtschaftlichen Sinn sein. Letztendlich gilt immer: Wo kein Kläger, da kein Richter. Ist Ihr Unternehmen erfolgreich, werden Sie auch bei Verstoß gegen betriebswirtschaftlich relevante Formalbestimmungen kaum Probleme haben, es sei denn, es handelt sich um gesetzliche Auflagen, die kontinuierlich zu erfüllen sind, wie etwa die Buchhaltungsvorschriften. Wenn hingegen das Unternehmen in Schwierigkeiten gerät, können die Verpflichtungen zum Handeln bei aufgebrauchtem Eigenkapital sehr rasch zur Falle werden, die nicht nur zivilrechtliche Konsequenzen auslöst, sondern auch strafrechtliche (Konkursvergehen). Dieser strafrechtlichen Folgen muß sich insbesondere auch der Geschäftsführer einer GmbH im Konzernverbund bewußt sein. Hier gilt: Eine Erklärung, daß Sie für Ansprüche aus der Unternehmenssphäre schad- und klaglos gehalten werden, gilt nur im Innenverhältnis, nicht gegenüber Außenstehenden. Werden Sie als Geschäftsführer verklagt, weil das Produkt Ihres Unternehmens gesetzlichen Vorschriften nicht entspricht, kann Ihr Konzern zwar die finanziellen Konsequenzen tragen, Sie aber nicht von strafrechtlichen Folgen freihalten.

Häufige Irrtümer

- Die GmbH haftet nur mit dem Stammkapital. Falsch. Die GmbH haftet mit ihrem gesamten Vermögen, d. h., das gesamte Firmenvermögen haftet für Verbindlichkeiten des Unternehmens.
- Die Gesellschafter haften nur mit ihrer Einlage. Teilweise richtig. Wenn das gesamte Stammkapital einbezahlt und im Gesellschaftsvertrag keine Nachschußpflicht vorgesehen ist, haben die Gesellschafter keine weiteren Verpflichtungen aus ihrer Gesellschafterfunktion. Das kann sich ändern, wenn sie dem Geschäftsführer rechtswidrige Anweisungen im Rahmen

der Generalversammlung erteilen, beispielsweise ihm verbieten, rechtzeitig Konkurs anzumelden.

- Wenn mehrere Gesellschafter vorhanden sind, nur ein Teil des Stammkapitals einbezahlt wurde, Sie aber Ihren Anteil voll bezahlt haben, haben Sie als Gesellschafter keine zusätzlichen Verpflichtungen mehr gegenüber Gläubigern. Falsch. Für nicht einbezahlte Teile des Stammkapitals haftet jeder Gesellschafter persönlich.
- Der Gesellschaftsvertrag wurde abgeschlossen, die Eintragung der Gesellschaft ins Firmenbuch (Handelsregister) beantragt. Damit existiert die GesmbH, d. h., es gibt nur mehr beschränkte Haftung. Falsch. Die GesmbH existiert erst mit Eintragung. Kommt es bereits vorher zu Geschäften, haftet die Gesellschaft und jeder Gesellschafter persönlich für die Risiken, wie bei einer GbR.
- Jeder kann Geschäftsführer werden. Falsch. Der Geschäftsführer darf nicht verurteilt sein wegen Bankrott, Verletzung der Buchführungspflicht oder in einem Steuerstrafverfahren, er darf keinem Berufsverbot unterliegen und muß gewerbeberechtigt sein.
- Gesellschafterdarlehen sind Fremdkapital und hätten im Konkurs Gläubigerstellung. Falsch. Nach der aktuellen Rechtsprechung in Deutschland wie auch in Österreich wird Gesellschafterdarlehen Eigenkapitalcharakter zugesprochen, d. h., sie sind im Falle einer Insolvenz (Vergleich, Konkurs) wie Eigenkapital zu behandeln und somit erst nach Befriedigung der Gläubigeransprüche zu berücksichtigen.
- Das Stammkapital muß nur bei der Gründung nachgewiesen werden und kann dann wieder entnommen

werden. Falsch, obwohl es praktisch immer wieder gemacht wird. Sie können das Stammkapital zwar für die laufenden Unternehmensausgaben verwenden, es darf dem Unternehmen aber nicht wieder entzogen werden.

- Die Gesellschafter leiten das Unternehmen. Falsch. Das Unternehmen wird nach außen durch den Geschäftsführer repräsentiert, der Geschäftsführer handelt für das Unternehmen, verpflichtet und berechtigt es. Die Gesellschafter können nur durch Bestellung und Abberufung des Geschäftsführers und durch Aufträge an den Geschäftsführer im Rahmen der Generalversammlung Einfluß nehmen. Bei Neugründungen sind vielfach Geschäftsführer und Gesellschafter die gleichen Personen. Rechtlich ist aber immer die Rolle zu unterscheiden, in welcher gehandelt wird – als Gesellschafter oder als Geschäftsführer?
- Ein weiterer Irrtum hat unmittelbar mit der Rechtsform der GmbH nichts zu tun: die Haftung bei Banken. Banken geben an neu gegründete GmbHs Kredite nur gegen geeignete Sicherheiten und persönliche Bürgschaften von Gesellschaftern, zumindest Bürgschaft des Geschäftsführers.

Trotz aller Nachteile und (vermeidbarer) Irrtümer sollten Sie bei der Gründung Ihres Unternehmens die Rechtsform der GmbH in den Kreis der zu favorisierenden Rechtsformen einbeziehen. Für österreichische Unternehmensgründer gibt es zwar bei der Gründung bereits überproportionale Kosten, die zumindest 20% des Stammkapitals verschlingen (nur für Vertragserrichtungskosten, Steuern, Gebühren und Gewerbeanmeldung sowie für die Mindestkörperschaftssteuer des ersten Jahres, noch ohne die Mindestausstattung Ihres Unternehmens mit Briefpapier, Visitkarten, Werbemitteln u. ä.), dennoch sollten Sie erwägen, daß Sie nur bei einer Kapitalgesellschaft eine gewisse Absicherung gegen unvorhersehbare Risken haben. Wenn Sie sich als Geschäftsführer an die gesetzlichen Vorschriften halten, gehen Sie nur Risken ein, deren Ausmaß abschätzbar ist. Überdies können Sie nur im Rahmen einer Kapitalgesellschaft Privatvermögen von Betriebsvermögen trennen. Besonders vorteilhaft erweist sich eine Kapitalgesellschaft dann, wenn Sie Ihr Unternehmen veräußern oder, aus welchem Grund immer (Krankheit, Pensionierung), nicht mehr selbst führen können oder wollen. Beim Verkauf gibt es ohne Veränderung der Unternehmensstruktur lediglich eine Anteilsübertragung, bei der Führung durch eine andere Person bestellen Sie einen Geschäftsführer, ohne die Gesellschafteranteile zu verändern. Auch die Hinzunahme von Partnern ist ohne Veränderung der Unternehmensstruktur in so einfacher Form möglich, wie Sie das bei einer Einzelfirma oder Personengesellschaft praktisch nicht erreichen können.

Beabsichtigen Sie, außerhalb Deutschlands oder Österreichs, aber innerhalb der EU, eine Gesellschaft mit beschränkter Haftung zu gründen, kann Ihnen zur Information im Überblick ein Buch mit dem Titel „Die Gesellschaft mit beschränkter Haftung in der EU“ empfohlen werden.[7]

---

[7] Fritz, Christian: Die Gesellschaft mit beschränkter Haftung in der EU. Ein praktischer Leitfaden für die Gründung und Verwaltung in allen Mitgliedsstaaten der EU. Wien 1996

2.2.3.2 Aktiengesellschaft

Aktiengesellschaften sind zwar eine denkbare Rechtsform für die Unternehmensgründung, allerdings aufgrund des relativ hohen erforderlichen Grundkapitals (BRD € 50.000,—, Österreich € 70.000,—, Schweiz 100.000 Franken) und wegen der strengen Form- und Prüfungsvorschriften, welche diese Rechtsform mit hohen laufenden Kosten belasten, nur dann sinnvoll, wenn Sie ein großes Unternehmen planen (üblicherweise mit einem Planumsatz ab mindestens € 25,000.000) und über bedeutende Geldmittel verfügen. Für wachsende Unternehmen besteht immer noch die Möglichkeit der Umwandlung in eine Aktiengesellschaft zur Vorbereitung eines sogenannten „going public", d. h. eines Börsengangs zur Aufbringung von Finanzmitteln.

Die Aktiengesellschaft hat die weitestgehenden Möglichkeiten der Kapitalbeschaffung über die Börse, ist aber aufgrund der hohen Kosten und der beträchtlichen Formvorschriften sowie der Publikationsverpflichtung von Jahresabschlüssen eine bei der Unternehmensgründung nur in Ausnahmefällen zu favorisierende Rechtsform.

2.2.3.3 Anstalt

Eine in der Schweiz und in Liechtenstein mögliche Rechtsform ist die Anstalt. Diese Rechtsform bietet sich u. a. für Holding-Gesellschaften an. Die Anstalt ist eine Kapitalgesellschaft, die im jeweiligen Firmenbuch eingetragen wird. Die Gesellschaft muß ihren Sitz in der Schweiz oder in Liechtenstein haben, dieser Sitz kann aber auch das Büro eines Treuhänders sein. Das Mindestanstaltskapital beträgt 30.000 Franken, die Gründungskosten liegen bei rund 3.500 Franken, die laufenden jährlichen Kosten im Minimum bei etwa 4.100 Franken.

2.2.3.4 Genossenschaft

Eine Sonderstellung im Rahmen der Kapitalgesellschaften nehmen Genossenschaften ein. Sie entstehen vorwiegend aus Interessengemeinschaften, wie etwa der Interessengemeinschaft der Bauern (Raiffeisengenossenschaften), der Bäcker (Einkaufsgenossenschaften) u. ä. Die Rechtsform einer Genossenschaft bedingt mehrere Partner mit gleichgerichteten Interessen. Im Rahmen der gängigen Unternehmensgründung bildet diese Rechtsform die Ausnahme.

Entscheidungsmatrix für die Wahl der Rechtsform

Partner/ Mitarbeiter	Risiko und Kapitalbedarf: gering	mittel	groß
keiner	Einzelfirma	Einzelfirma Kapitalgesellschaft (GmbH)	Kapitalgesellschaft stille Gesellschafter
wenige	Einzelfirma Personengesellschaft (OHG, KG)	Personen- oder Kapitalgesellschaft (KG, GmbH)	Kapitalgesellschaft (GmbH, GmbH&CoKG)
mehrere/ viele	Personen- oder Kapitalgesellschaft (GmbH)	Kapitalgesellschaft (GmbH, AG, GmbH&CoKG)	Kapitalgesellschaft (AG, GmbH)

2.3 Gewerbeberechtigungen

Das Gewerberecht in Deutschland und Österreich weist einige gravierende Unterschiede auf. Grundsätzlich gilt im Rahmen der Europäischen Union, daß jeder, der in seinem Heimatland gewerbeberechtigt ist, dieses Gewerbe auch in einem anderen Mitgliedsstaat der EU ausüben darf. Bei Gründung eines Firmensitzes in einem anderen EU-Staat müssen jedoch eventuelle Zusatzanforderungen dieses Staates erfüllt werden. Während etwa die Unternehmensberatung in Deutschland ein Anmeldegewerbe ist, müssen Unternehmensberater in Österreich eine mehrjährige einschlägige Tätigkeit nachweisen und eine Gewerbezulassungsprüfung ablegen.

Grundsätzlich gibt es drei Arten der gewerblichen Tätigkeit:[8]

- gewerbliche Tätigkeiten mit Gewerbefreiheit (in Deutschland für Industrie, Handel, Dienstleistungen und handwerksähnliche Gewerbe)
- erlaubnispflichtige Gewerbe (Handwerk, Verkehrsgewerbe, Gaststättengewerbe, bestimmte Tätigkeiten in Handel, Industrie und Dienstleistung, Reisegewerbe)
- konzessionierte Gewerbe (Gewerbe, deren Ausübung aus öffentlichen Rücksichten von der Verleihung einer behördlichen Bewilligung abhängig gemacht wird[9])

---

[8] siehe u.a.: Kirst, a.a.O., S. 122

[9] Madl, a.a.O., S. 45

Klären Sie vorweg, welche Art der Gewerbeberechtigung(en) Sie für die Realisierung Ihrer Geschäftsidee benötigen, welche Voraussetzungen Sie erfüllen müssen, um die Gewerbeberechtigung(en) zu erhalten, und ob Sie größere Schwierigkeiten oder Zeitverzögerungen erwarten müssen, um beginnen zu dürfen. Die Auskünfte dazu erhalten Sie bei den Gewerbebehörden bzw. Wirtschaftskammern.

2.4 Standort

Es erübrigt sich nahezu, auf die Bedeutung der Standortwahl für den Erfolg eines Unternehmens hinzuweisen. Welcher Standort für Ihr Unternehmen der richtige sein wird, hängt von mehreren Kriterien ab:

- von der Art Ihres Geschäftes
- von den Bedürfnissen Ihrer Kunden
- von den Kaufgewohnheiten Ihrer Kunden
- von den Kosten
- von der erforderlichen Werbewirksamkeit Ihres Standorts
- von Verbauungs- und Flächenwidmungsplänen
- von Umweltschutzgesichtspunkten
- von zu erwartenden Anrainerprotesten (etwa bei Arbeit außerhalb der üblichen Arbeitszeiten)

u. v. a. m.

Um alle Kriterien zu erfüllen, sollten Sie sich vor der Auswahl und Prüfung eines Standorts folgende Fragen stellen:

- Sollen Ihre Kunden zu Ihnen kommen, oder werden Sie im Normalfall beim Kunden verkaufen?
- Wenn Ihre Kunden zu Ihnen kommen:
  Welches Verkehrsmittel werden sie üblicherweise benützen? Haben Sie ausreichende Parkplätze auch für Ihre Mitarbeiter?
- Welche Kriterien erfüllt der Standort Ihrer Konkurrenten?
- Können Sie mit Laufkundschaft rechnen, oder kommen Kunden grundsätzlich gezielt zu Ihnen?
- Muß Ihr Standort Imagekriterien erfüllen (beispielsweise eine erstklassige Innenstadtadresse)? Hätten Sie durch einen hochkarätigen Standort Vorteile oder vielleicht nur höhere Kosten?
- Im produzierenden Bereich: Wird Ihr Betrieb die Umwelt durch Lärm, Abwasser, Gase, Chemikalien oder sonstige Faktoren belasten?
- Wollen Sie gegebenenfalls rund um die Uhr produzieren? Könnten dadurch Anrainer gestört werden?
- Haben Sie ausreichende Zu- und Abfahrtsmöglichkeiten, gegebenenfalls auch für LKW-Züge?
- Brauchen Sie für die Rekrutierung hochqualifizierter Fachkräfte einen auch für Wohnzwecke attraktiven Standort? Viele abgelegen situierte Betriebe leiden darunter, daß sie derartige Mitarbeiter nicht oder nur mit überproportionalen Entlohnungsangeboten rekrutieren können.
- Haben Sie an Ihrem geplanten Standort alle erforderlichen Ressourcen (Energie, Zulieferungen, Abwasserentsorgung, Parkplätze, Lagerflächen etc.)?
- Gibt es öffentliche Verkehrsmittel für Ihre Mitarbeiter?

- Gibt es für Ihre Mitarbeiter ausreichende Möglichkeiten für den Mittagstisch?

- Keine Kompromisse beim Standort! Lassen Sie sich nicht überreden zu „nur 100 Meter vom optimalen Standort entfernt“. Eine Seitenstraße kann für Sie ein kundenleeres Geschäft bedeuten.
- Sichern Sie Ihrem Betrieb Wachstumsmöglichkeiten.
- Investieren Sie nur so viel wie nötig, bleiben Sie flexibel.
- Sichern Sie sich bei Mietverträgen Kündigungsmöglichkeiten, ohne selbst gekündigt werden zu können, wenn nicht ein triftiger Grund vorliegt.
- Wenn Sie Ihr Betriebsobjekt mieten und auch im Fall eines Verkaufs sichern wollen: Vereinbaren Sie ein Vorkaufsrecht.
- Kein Kompromiß bei Parkplätzen!

2.5 Leistungsprogramm und Wertschöpfungstiefe

Man kann darüber diskutieren, ob die Auswahl des Standorts vor oder nach genauer Festlegung des Leistungsprogramms und der Wertschöpfungstiefe überprüft werden soll, aber im Sinne unserer Zielsetzung wollten wir ohnehin Überlegung für Überlegung entwickeln, um letztendlich zu einem Gesamtkonzept zu kommen.

Leistungsprogramm und Wertschöpfungstiefe (d. h., welche Leistungen werden selbst erbracht, welche zugekauft) sind Hauptelemente Ihrer strategischen Unternehmensplanung. Was wollen Sie anbieten? In welcher Form? In welchem Umfang? In welcher Startgröße? Mit welchen Entwicklungsschritten?

Zur Hilfe bei der Beantwortung dieses Kernfaktors Ihres zukünftigen Unternehmens einige Fragen und Grundsätze:

- Woher kommen Sie? Welche fachlichen und persönlichen Fähigkeiten haben Sie? Welches Wissen, welchen Erfahrungshintergrund, welche Kontakte? Worin sind Sie besser als Ihre zukünftigen Mitbewerber?
- In welchen Geschäftsbereich wollen Sie gehen? (Peter Drucker nennt als eine der grundsätzlichen Frage: What business are we in? In welchem Geschäft sind wir?)
- Wen brauchen Sie zur Realisierung Ihrer Geschäftsidee?
- Was brauchen Sie zur Realisierung Ihrer Geschäftsidee?
- Wenn Sie ein bestehendes Unternehmen übernehmen wollen: War dieses erfolgreich? Wenn ja: Warum wird es übergeben? Gibt es dafür gute, einsichtige Gründe? Können Sie die Erfolgsfaktoren des bestehenden Unternehmens weiterführen, oder lag der Erfolg vorwiegend in der Persönlichkeit jener, die das Unternehmen verlassen?
- Wenn Sie ein Franchisekonzept annehmen: Ist dieses Konzept wirklich erfolgreich? Wer hat unter welchen äußeren Umständen den Erfolg realisiert? Ist der Nutzen des Franchising größer als die Kosten?

Als Berater hatte ich auch die Aufgabe, Jungunternehmer bei der Gründung eines Betriebes zu beraten. Besonders in Erinnerung ist mir ein Gespräch geblieben, das, wäre es erfunden, wie ein Ausschnitt aus einer Komödie klänge. Auf die Frage an den Jungunternehmer, welchen Betrieb er gründen wolle, kam die Antwort: „Das soll dieses Gespräch ergeben." Gefragt nach besonderen Fähigkeiten und Fertigkeiten, hieß die Antwort: „Keine besonderen." Ein anderes trauriges Beispiel gab mir ein Branchenkollege, der von mir Aufträge haben wollte. Er gab an, Spezialist im Controlling zu sein. Auf die Frage, in welchem speziellen Bereich er denn arbeiten wolle, gab er zur Antwort „im kaufmännischen Bereich".

Grundsatz 3: ***Sie müssen genau wissen, was Sie wollen, und auf Fähigkeiten und Kenntnisse verweisen können, die so bald kein anderer hat.***

Ganz anders als die genannten Gespräche verlief ein Gespräch mit einem Bewerber, der ursprünglich als Außendienstverkäufer eingestellt werden sollte. Sein Fachwissen war derart beeindruckend, daß er als Geschäftsführer eines ausgegliederten Unternehmens engagiert wurde. Sie werden erleben, daß es schwer genug ist, Chancen zu bekommen. Diese zu vergeuden beendet Ihr Unternehmerdasein sehr rasch, ehe es im eigentlichen Sinn begonnen hat. Formulieren Sie daher Ihre Geschäftsidee so aus, daß daraus ein klares Leistungsprogramm wird, und erarbeiten Sie in präsentierbarer Form, was dieses Programm zur besten Lösung für Ihren Kunden macht. Das werden Sie kaum schaffen, wenn Sie lediglich definieren, in welcher Branche Sie arbeiten wollen. Wen beeindruckt es schon, daß Sie Textilhändler werden, oder ein Softwarehaus gründen wollen, oder eine Diskothek. Bringen Sie es auf den Punkt: Was ist das Einmalige Ihrer Idee? Hendersen zitiert folgende These des Moskauer Biologen G. F. Gause: „Keine zwei Spezies können koexistieren, wenn sie sich auf dieselbe Art und Weise ernähren."[10] Anders ausgedrückt: Sind Sie nicht allein auf Ihrem ureigensten Markt (sachlich oder regional gesehen), d. h., unterscheiden Sie sich nicht so deutlich von Konkurrenten, daß Ihr Unternehmen eine zumindest gewisse Einzigartigkeit aufweist, werden Sie viel Mühe und Können aufwenden müssen, um zu überleben. Das klingt hart, bestätigt sich aber im Alltag immer wieder. Überlegen Sie doch, wie Sie selbst als Konsument handeln. Kaufen Sie beim Zweitbesten?

2.6 Behördliche Auflagen

Wir kommen nun zu einem besonders unangenehmen Teil der Vorbereitung: zu den behördlichen Auflagen. Vermutlich denken Sie nun an Baubewilligungen, Abwasserbewilligungen, Emissionswerte für Rauch, Schallmessungen, Abfallbeseitigungsvorschriften etc. Vielleicht atmen Sie schon erleichtert auf, weil das für Ihre Geschäftsidee völlig irrelevant ist, da Sie ein Unternehmen planen, das in einem bestehenden Mietobjekt situiert ist, keinen Lärm und keine Abgase verursacht und

---

[10] Henderson, Bruce D.: Geht es um Strategie – schlag nach bei Darwin! In: Montgomery/Porter (Hrsg.): Strategie. S. 3, Wien 1996

auch sonst sehr umweltfreundlich ist. Denken Sie aber nicht nur an vordergründige Dinge, sondern an alle möglichen und für den normalen Verstand manchmal kaum faßbare Regelungen. Anders ausgedrückt: Forschen Sie nach, welche Regelungen in Ihrem Geschäftsbereich relevant sind oder sein könnten oder werden. Dabei sind nicht nur nationale Vorschriften zu beachten, sondern auch solche der EU und, sofern Sie außerhalb der EU tätig werden wollen, internationale Regelungen und Abkommen. Derartige Auflagen können die Beschaffenheit von Materialien betreffen, Kontingente für die Belieferung und den Bezug, für den Zukauf von Arbeitsleistung aus Staaten außerhalb der EU, technische Normen und Zulassungsbestimmungen etc. Wenn Sie derartige Dinge übersehen, kann das für Ihr Unternehmen existenzbedrohende Folgen haben. Ein Beispiel dazu will ich Ihnen nennen: Textilien, die auf der Haut getragen werden, dürfen bestimmte Bearbeitungschemikalien nicht enthalten. Wenn Sie derartige Waren aus Ländern beziehen, in denen diese Bestimmungen nicht existieren, und nicht durch geeignete Prüfmethoden sicherstellen, daß die gelieferte Ware frei von diesen Stoffen ist, könnten Sie gezwungen sein, die Ware vom Markt zurückzuziehen. Welche Auswirkungen das für ein kleines Unternehmen hat, braucht nicht betont zu werden.

2.7 Förderer und Gegner

Relativ leicht haben Sie es, wenn Sie ein Unternehmen gründen, das von Politikern, Anrainern, Banken, Förderungsstellen, Mitarbeitern und Kunden gewünscht wird. Doch das ist selten geworden. Irgendeiner ist immer dagegen. Am schlimmsten ist es selbstverständlich, wenn die Kunden kein Interesse an Ihrem Unternehmen haben. Ausdrücklich gewarnt soll hier davor werden, ein Unternehmen für einen Markt zu gründen, der bereits zur Genüge besetzt ist. Als selbständiger Versicherungsvertreter, Berater oder Mini-EDV-Firma sind Ihre Chancen derzeit gleich Null, wenn Sie nicht etwas höchst Außergewöhnliches und Attraktives zu bieten haben. Gründen Sie Ihr Unternehmen deshalb nach Kriterien der Marktchancen und nach Ihren Möglichkeiten, diese Marktchancen zu nützen. Sie können in jedem Alter lernen, in einem neuen Bereich perfekt zu werden. So wie der Bananenhändler, der irgendwann erkannte, daß dieser Geschäftszweig keine Zukunft mehr hat, und im Alter von mehr als fünfzig Jahren ein Unternehmen für Sonnenbrillen gründete. Von vielen belächelt, präsentierte er seine Musterkoffer – und hatte Erfolg. Innerhalb weniger Jahre besaß er drei Produktionsstätten mit mehr als 100 Mitarbeitern und exportierte seine Brillen in die ganze Welt.

Aber zurück zu Förderern und Gegnern. Überprüfen Sie zunächst, welche Unterstützungen Sie für die Verwirklichung Ihrer Geschäftsidee erhalten können, sei es durch regionale Förderungsprogramme oder durch EU-Förderungsaktionen. Subventionsalmosen sollten jedoch kein Grund für ein Wagnis sein. Und: Subventionen haben Sie erst nach einer definitiven Zusage, nicht nach „in Aussicht gestellten" Förderungen. Manche Geschäftsidee wird durch Personengruppen gefördert, von denen man das überhaupt nicht erwartet: von Sequestoren oder Masseverwaltern. Der Masseverwalter hat die unangenehme Aufgabe, das Vermögen eines bankrotten Unternehmens zu veräußern, hat dazu aber weder die Vertriebsmöglichkeiten noch im allgemeinen die fachlichen Voraussetzungen. Er ist daher durchaus interessiert an der Gründung einer neuen Firma, welche ihm diese Vermarktungsaufgabe abnimmt, und dies meist zu durchaus attraktiven Konditionen. Diese Chance kann, richtig genutzt, rasch ein erfolgreiches Unternehmen aus den Trümmern der bankrotten Firma schaffen. Voraussetzungen sind jedoch Marktkenntnisse, Kontakte zu den Kunden und fachliche Fähigkeiten und das Vermeiden jedweder Nachfolgehaftung für Schulden und Haftungen der Vorgänger.

Zu den Helfern, die (weil von Ihnen engagiert) eindeutig auf Ihrer Seite stehen, gehören Ihre Berater:

- Rechtsanwälte für alle Arten von Verträge, für die Formulierung allgemeiner Geschäftsbedingungen
- Steuerberater für die steuerlich optimale Gestaltung Ihrer Firma, für Beratung in Entlohnungsfragen (zumindest aus steuerlicher Sicht)
- EDV-Berater für die Einrichtung leistungsfähiger EDV-Systeme in allen Unternehmensbereichen (Kosten-Nutzen-Rechnung nicht vergessen!), sei es für die Technisierung von Betriebsabläufen und Betriebsfunktionen oder zur Betriebsdatenerfassung
- Marketingberater für die Entwicklung und Betreuung Ihres Marketingkonzepts
- Werbeagenturen für die Ausarbeitung Ihres Werbekonzepts
- Unternehmensberater für sonstige betriebswirtschaftliche und technische Probleme oder als persönlicher Coach. Seriöse Unternehmensberater sind auch be-

reit, die Projektleitung für sachlich und zeitlich abgrenzbare Projekte in Ihrer Firma zu übernehmen
- Fortbildungsinstitute für alle Arten erforderlicher Wissensergänzung.

Sie sollten über die Vielzahl solcher zukaufbaren Leistungen nicht erschrecken. Nutzen werden Sie dann haben, wenn Sie genaue Ziele und Leistungskriterien formulieren und entsprechende Kostenvoranschläge verlangen. Der Einsatz eines guten Beraters bringt immer erheblich mehr Nutzen als Kosten. Ob Ihr Berater gut ist, hängt allerdings auch von Ihnen selbst ab. Gehen Sie also entsprechend sorgfältig bei der Auswahl Ihres Beraters vor:

- Holen Sie Referenzen ein.
- Klären Sie mit dem Berater Ihre Ziele.
- Machen Sie möglichst viel selbst und mit Ihrem eigenen Personal, und setzen Sie den Berater nur dort ein, wo Ihnen tatsächlich Know-how fehlt.
- Lassen Sie sich nicht zu langfristigen vertraglichen Bindungen überreden, auch wenn Sie ein Paradoxon kennen sollten: Der gute Berater strebt danach, sich selbst (durch Erfüllung der Aufgabe) überflüssig zu machen – damit wird er letztendlich für Sie unentbehrlich.
- Ehe Sie den Berater und seine Leistung genau kennen: Verpflichten Sie sich nur zur Abnahme weniger Leistungstage.
- Weigern Sie sich, für reine Analysen ohne Lösungen zu bezahlen.
- Hüten Sie sich vor Akquisiteuren. Verlangen Sie, daß bestimmte Personen die Leistung erbringen.

- Bestehen Sie auf einem Partner, der Ihnen, falls gewünscht, auf Dauer zur Verfügung steht.
- Verlangen Sie dünne Berichte, aber griffige Lösungen und Maßnahmen.
- Zahlen Sie nicht für Auszüge aus Lehrbüchern. Die Bücher selbst sind eindeutig billiger als die Beratungshonorare.
- Gibt es fähige Berater in Ihrer Nähe, sind diese allein schon aus Kostengründen (geringere Fahrtspesen) weit entfernten Beratungsfirmen vorzuziehen.
- Wählen Sie einen Berater, der zur Größe und Struktur Ihres Unternehmens paßt. Internationale Beratungsfirmen haben Stärken, die möglicherweise für Ihr Unternehmen völlig überdimensioniert sind.
- Ein guter Berater nimmt auf Sie, Ihre Ressourcen und Ihren Wissensstand Rücksicht. Er überfällt Sie nicht mit Fachchinesisch – im Gegenteil: Er übersetzt es so, daß Sie es verstehen und den Nutzen erkennen.
- Nicht zuletzt: Weisen Sie den sogenannten „triple-a"-Beratern (analysieren-abkassieren-abhauen) die Tür und zahlen Sie nicht, es sei denn, Sie haben sich zur Unterschrift auf einem Vertrag überreden lassen, der Sie zwingt, auch für unzureichende Leistungen zu bezahlen. Seien Sie aber andererseits so fair, dem Berater eine Chance zu geben, Sie erfolgreich zu machen – und damit erfolgreich zu sein.

2.8 Risikoanalyse

Aus den bisherigen Überlegungen können Sie bereits eine erste Risikoanalyse für Ihr Geschäftsprojekt ableiten. Sie können abschätzen, welcher Aufwand für die Gründung Ihres Unternehmens erforderlich sein wird, welche behördlichen Auflagen Sie mit welchen Kosten erfüllen müssen, welche Investitionen Sie tätigen müssen und mit welchen Unterstützungen Sie rechnen können, wie intensiv die Konkurrenz auf Ihrem Markt ist und wie schwierig für Sie der Marktzugang sein wird. Noch haben Sie nicht viel investiert – außer Ideen, Zeit und Einholung von Informationen.

Gehen Sie nun nach folgendem Überlegungsschema weiter vor:

- Schätzen Sie Ihr Risiko gering und die Erfolgswahrscheinlichkeit hoch ein, können Sie das Projekt auch mit relativ wenig Eigenkapital vorantreiben.
- Schätzen Sie das Risiko in mittlerer Dimension, sollten Sie überlegen, wie weit Sie aufgrund Ihrer Vermögenssituation gehen können und welche Ausstiegsschwellen Sie haben, wenn Ihr Projekt nicht so erfolgreich sein sollte, wie Sie es planen.
- Schätzen Sie Ihr Risiko realistischerweise als groß ein, müssen Sie über ausreichendes Eigenkapital verfügen, um ein Scheitern zu verkraften. Gehen Sie in diesem Fall besonders vorsichtig vor, und planen Sie frühzeitige Ausstiegspunkte. Handeln Sie konsequent und realisieren Sie Ihren Verlust, ehe es zu spät ist. Das darf aber nicht dazu führen, daß Sie zu ängstlich sind und sich abzeichnende Chancen zu pessimistisch einschätzen. Wählen Sie daher nicht nur quantifizierbare Kriterien (Gewinn oder Verlust, Kapitalbedarf), sondern auch qualitative Faktoren. Aber vor allem: Je größer das Risiko ist, desto mehr Wert müssen Sie auf Flexibilität legen. Flexibilität bedeutet: So wenig wie

möglich investieren und möglichst keine Dauerschuldverhältnisse (Dauerbelastungen) eingehen. Solche Dauerschuldverhältnisse können in ungeahnten Formen auftreten, wenn Sie das Kleingedruckte in Verträgen nicht lesen – sei es in Mietverträgen (Raummieten, Gerätemieten), Versicherungsverträgen oder Leasingverträgen. Bei Personalverträgen müssen Sie überlegen, ob nicht ein Werkvertrag oder der Leistungszukauf von anderen Unternehmern oder Beratern flexibler und kostengünstiger als eine fixe Anstellung ist (beispielsweise Buchhaltung durch den Steuerberater, Controlling durch ein Managementinstitut).

2.9 Kundengruppen

Ihre Idee ist nun klar formuliert, die Rahmenbedingungen Ihres Geschäftes sind Ihnen bewußt, nun geht es – endgültig – um die Kunden. Wer wird Ihre Leistung kaufen? Dazu zunächst wieder einige klärende Fragen:

- Welche Kundengruppen kennen Sie? Nicht im Sinne von Kenntnis haben, sondern welche kennen Sie wirklich bis in alle Einzelheiten, Einkaufsgewohnheiten, Entscheidungsträger, Einkommensverhältnisse etc.?
- Wie strukturieren Sie die Kundengruppen für Ihr Geschäft, d. h., welche Kriterien wenden Sie an? Geographische? Altersstruktur? Einkommensniveau? (Vorsicht: Alle wollen nur die Reichen bedienen! Es herrscht ziemliches Gedränge um das Vermögen Wohlhabender.) Bildungsniveau? Kinderzahl? Besitz be-

stimmter Gegenstände? Je besser Sie strukturieren, desto weniger Werbeaufwand werden Sie vergeuden.

- Wie gehen Ihre Kunden an Kaufentscheidungen heran, wie suchen sie beispielsweise Softwarehäuser, Lieferangebote von Material, Maschinen, Versicherungsschutz?
- Wie kommen Sie an Ihre Kunden heran? Nicht theoretisch. Das lernt man an der Universität, das können Sie nachlesen, aber davon können Sie nicht leben.
- Wenn Sie sicher sind, daß Ihr Angebot das beste für diese Gruppe sein wird: Wie findet man Ihr Angebot? Werbung, Messen, persönliche Präsentation? Akzeptiert das Ihre Kundengruppe?
- Wieviel Zeit haben Sie für Ihre Kunden? Nicht für die Leistung im Auftrag der Kunden, sondern für Akquisition? Wie lange haben Sie Zeit, d. h., wie lange können Sie sich leisten, (noch) keine Rechnung zu stellen? Oder nicht bezahlt zu werden? Wie rasch zahlen die Kunden üblicherweise für Ihre zukünftige Leistung? Diese Frage müßten Sie beantworten, um Ihren Kapitalbedarf errechnen zu können.

- Falls Sie nicht die geniale (allerdings mögliche) Geschäftsidee gefunden haben, die Ihnen einen Verkäufermarkt öffnet: Kein Kunde reagiert auf einfache Werbeaussendungen.
- Versuchen Sie keine Haustürgeschäfte. Kundentermine, die etwas bringen sollen, müssen vorher vereinbart werden.
- Vorsicht bei Telefon und Faxwerbung. Telefonwerbung

bei Konsumenten ist weitestgehend verboten, Faxwerbung gilt üblicherweise als Störung und führt zu unwilligen Reaktionen.

- Sekretärinnen haben den Auftrag, ihre überlasteten Chefs vor ungewollten Kontakten abzuschirmen. Wenige lieben Verkäufer, die sie nicht selbst ausgewählt haben. Versuchen Sie also nicht, sich an der Sekretärin vorbeizuschwindeln – es kostet Sie den Auftrag und die Sekretärin den Job, wenn sie sich regelmäßig überlisten läßt.
- Kaum ein Kontakt hat Erfolg, wenn er nicht den üblichen Einkaufsgewohnheiten des Kunden entspricht.

2.10 Wettbewerbsumfeld

Zwar haben wir bereits einiges über die Konkurrenzsituation in die Überlegungen einbezogen, dennoch darf die Vorprüfung eines Projektes nicht auf eine genaue Wettbewerbsanalyse verzichten. Das wohl bekannteste Wettbewerbsmodell stammt von Michael Porter. Er sieht fünf Einflußfaktoren auf den Wettbewerb:[11]

- den Wettbewerb zwischen bestehenden Konkurrenten (Positionskämpfe)
- die Verhandlungsstärke der Lieferanten
- die Verhandlungsstärke der Kunden
- die Bedrohung durch Einsteiger (für die derzeitigen Leistungsanbieter könnten Sie das sein)

---

[11] Porter, Michael: Wettbewerbsstrategien. Dargestellt u. a. im Artikel „Wie die Wettbewerbskräfte die Strategie beeinflussen." In: Montgomery/Porter, a.a.O., S. 13 ff.

- die Bedrohung durch Substitionsprodukte oder -dienstleistungen

Wenn Sie Ihr Wettbewerbsumfeld analysieren, müssen Sie alle diese Bereiche berücksichtigen. Haben Sie ausreichende Möglichkeiten für die Beschaffung der benötigten Waren und Leistungen zu einem konkurrenzfähigen Preis? Was geschieht, wenn die Lieferanten Sie nicht oder nicht rechtzeitig, mit zweitklassiger Qualität, zu schlechten Preisen und mit schlechten Zahlungskonditionen beliefern? Gerät Ihr Business Plan dadurch in Gefahr?

In welchem Ausmaß sind Sie in der Lage, der Verhandlungsstärke der Kunden eigene Stärken entgegenzusetzen? Werden Sie Diktaten ausgeliefert sein, oder können Sie als Verhandlungspartner im eigentlichen Sinn auftreten?

Ist Ihr Leistungsprogramm durch Entwicklungen bedroht, die es ersetzen? Wird man in Zukunft Ihre Leistungen noch benötigen? Und nicht zuletzt: Wie einfach ist es für neue Anbieter, in den Markt einzudringen? Denken Sie daran: Je leichter der Marktzutritt und je attraktiver der Markt ist oder zu sein scheint, desto mehr Wettbewerber tummeln sich darin, und es ist ein biologisches Gesetz, daß bei Überbevölkerung nur der Stärkste überlebt.

Sie werden in Ihrem Business Plan gute Argumente brauchen, wenn Sie in einen stark umkämpften Markt eintreten wollen, denn Sie müssen davon ausgehen, daß auch die anderen Adressaten dieses Plans (neben Ihnen und Ihren Partnern), Banken und Förderungsstellen, über die Marktsituation gut Bescheid wissen, manchmal zwar nur in Form von Vorurteilen, gewiß aber urteilend.

2.11 Ihr erster Zahlenüberblick

Wenn Sie dieses Stadium der Vorphase erreicht haben, sollten Sie einen ersten Überblick über die finanziellen Auswirkungen Ihres Vorhaben erarbeiten sowie den Entwurf eines Finanzierungsplans. Anleitungen dazu geben Ihnen die nachfolgenden Tabellen zur Berechnung des Kapitalbedarfs und zur Darstellung eines Erstbudgets. Diese Darstellungen sind grobe Entwürfe. Die Detailplanung erfolgt erst, wenn die Vorphase positiv abgeschlossen wurde, also bei der Erarbeitung des Business Plan.

Kapitalbedarf laut Vorstudie zum Geschäftsprojekt ...

Position	Erhebungsform	Betrag	Berechnung	Anmerkungen
a) Investitionsbedarf bis zur Betriebsbereitschaft				
Grundstücke				
Gebäude	Übernahmepreis			
Büroeinrichtung				
Büromaschinen				
Fertigungsmaschinen	Katalogangebote			teilweise gebraucht
Transporteinrichtungen				
Prüfgeräte	Angebote bei Messen			
Fahrzeuge				
Plananlagevermögen				
b) Betriebsmittelbedarf in den ersten beiden Jahren				
Materiallager			Lagerumschlag	
Ersatzteillager				
Halbfertiglager			Durchlaufzeit Produktion	
Fertigwarenlager			Promptlager	
Kundenforderungen			Debitorenumschlag	
Kassenbestand				
Reserveposition für unerwarteten Kapitalbedarf				
Planumlaufvermögen **Plan-Gesamtvermögen (= Kapitalbedarf)**				

Erstbudget laut Vorstudie zum Geschäftsprojekt ...

Position	Budget 1. Jahr	Budget 2. Jahr	Budget 3. Jahr
Nettoumsätze (ohne Umsatzsteuer und Erlösschmälerungen)			
abzüglich auftragsbezogener Kosten			
Deckungsbeitrag 1			
abzüglich Kosten der Betriebs- und Leistungsbereitschaft			
Deckungsbeitrag 2			
abzüglich Finanzierungskosten			
Deckungsbeitrag 3			
abzüglich Abschreibungskosten (Wertminderungen)			
Deckungsbeitrag 4			
abzüglich außerordentlicher Kosten für die Gründung			
Ergebnis vor Ertragssteuern			
abzüglich Ertragssteuern			
Ergebnis nach Steuern			

Mit Ihrer Vorstudie sowie dem Grobentwurf des Budgets und des Finanzplans sollten Sie ein erstes Kontaktgespräch mit Banken oder sonstigen Finanzierungspartnern führen, um deren Interesse an einer Mithilfe bei der Verwirklichung abzuschätzen. Am besten bereits im Rahmen des Finanzierungsplans oder aber beim Bankengespräch (in zentralen Kreditabteilungen, nicht in einer kleinen Filiale, wo häufig nicht das erforderliche Fachwissen zu Förderungen vorhanden ist) sollten Sie feststellen, in welcher Kategorie der EU-Förderungsgebiete Ihr Projekt verwirklicht werden soll. EU-Förderungen sind je nach Kategorisierung von Gebieten unterschiedlich. Eine Landkarte dazu sowie eine Beschreibung der Förderungen erhalten Sie bei den Wirtschaftskammern oder bei den Banken, zumindest bei jenen, die auf EU-Förderungen spezialisiert sind.

Mit diesem Schritt haben Sie die Vorphase Ihres Projektplans abgeschlossen. Was jetzt kommt, ist

- eine Vorplanrevision, falls strukturelle Probleme für Ihr Projekt offenkundig wurden, oder
- die Erarbeitung des Business Plan.

Lassen wir nochmals unseren Feind, den *Miesmacher*, zu Wort kommen:

- Pläne kann jeder schreiben. Papier ist geduldig.
- Wer kann schon wissen, was die Zukunft bringt?
- Der Plan mag ja ganz gut sein. Aber Sie werden das nie schaffen.
- Das können Sie nie finanzieren.
- Dieser Markt gibt doch nichts mehr her.
- Kann man in dieser Branche etwas verdienen?

Lauter Killerphrasen. Die müssen Sie allerdings oft hören, wenn Sie einen Financier überzeugen wollen. Was tun? Erforschen Sie, was hinter solchen Phrasen steht. Welches Unbehagen steckt dahinter? Können Sie dieses Unbehagen ausräumen? Mit den manchmal wohlmeinend formulierten und präsentierten Aussagen allein können Sie nichts anfangen, sie sind nur entmutigend. Ist aber der Miesmacher nicht ganz negativ, läßt er sich vielleicht herab, sein überlegenes Wissen preiszugeben. Fragen Sie nach, erforschen Sie, ob er nicht vielleicht doch etwas weiß, was für Sie von Bedeutung sein könnte. Denn: Ist Ihre Idee so weit gereift, daß Sie sie unbedingt verwirklichen wollen, müssen Sie alle Miesmacher der Welt eines Besseren belehren. Besonders jene, die durch ihre Position Ihr Projekt verhindern könnten.

3 Entwicklung des Business Plan

Jetzt kommt der entscheidende Schritt: der Business Plan. Stellen Sie dar, wie Sie sich die Verwirklichung Ihres Geschäftsprojektes vorstellen. Das heißt, einerseits zeigen Sie für unternehmensexterne Personen auf, was Sie tun wollen, andererseits beweisen Sie damit, daß Ihr Plan realistisch und erfolgversprechend ist und darüber hinaus beschreiben Sie, wer (welche juristischen und natürlichen Personen) für die Realisierung sorgt. Für Sie selbst sollte der Business Plan zunächst eine Herausforderung sein, sich intensiv mit der Umsetzung Ihrer Geschäftsidee zu beschäftigen, mit möglichst allen Detailaspekten, die für Sie von Bedeutung sein werden und mit denen Sie sehr bald im Alltag Ihres Betriebes konfrontiert sind, von hohen strategischen Visionen bis zu scheinbaren Banalitäten (etwa: Wer übernimmt ankommende Telefongespräche? Wer behebt Einschreibebriefe bei der Post?). Allein aus diesen beiden Beispielen sehen Sie, daß nicht jeder Punkt im Business Plan auch für den externen Leser von Bedeutung ist.

Manche Dinge sollten Sie in jenem Teil des Business Plan, der von unternehmensexternen Personen gelesen wird, nur andeuten. Überall dort, wo Sie unter allen Umständen vermeiden müssen, daß die Konkurrenz Zugang zu den Informationen erhält, sollten Sie eher nur das „Was" darstellen, nicht das „Wie". „Was" heißt, welche konkreten Ziele Sie verfolgen und welche Maßnahmen

Sie im Grundsatz dazu planen, „Wie“ heißt die Form der Verwirklichung, die konkrete Umsetzung. „Was“ und „Wie“ gemeinsam müssen so konkret sein, daß jeder, der Ihren Business Plan liest, in der Lage sein müßte (ähnliche fachliche und persönliche Fähigkeiten vorausgesetzt), Ihr Geschäftsprojekt zu verwirklichen. Das bedeutet, daß Ihr Plan nicht in jedermanns Hände kommen darf.

Grundsatz 4: ***Geben Sie jedem Entscheidungsträger nur jene Informationen, die er für seine Entscheidung braucht. Dieser Grundsatz gilt auch für die Mitarbeiter Ihres zukünftigen Unternehmens. Überflüssige Informationen verführen nur dazu, sich mit Dingen zu beschäftigen, die vom eigentlichen Problem des Betroffenen ablenken.***

Im Aufbau sollte Ihr Business Plan die von Edward Blackwell aufgestellten Kriterien erfüllen[12]:

- seien Sie klar
- fassen Sie sich kurz
- seien Sie logisch
- seien Sie aufrichtig
- stützen Sie Worte durch Zahlen, wann immer dies möglich ist

Szönys[13] Definition lautet: „Der Business Plan ist die schriftliche Zusammenfassung der gesamten Aktivitäten

---

[12] Blackwell, Edward: How to Prepare a Business Plan. London 1993, S. 13

[13] Szöny: The Business Plan. Unveröffentlichtes Manuskript. Kanada

des Unternehmens. Er ist ein Bericht über die Ressourcen des Unternehmens und die Verwendung seiner Mittel, sein Management und die Arbeitsbeziehungen, seine Produkte und Marketingstrategie, seine Produktionstechniken und Entwicklungsprogramme. Er beschreibt die Vergangenheit, Gegenwart und Zukunft des Unternehmens (...). Er soll vollständig, geordnet und auf Tatsachen gegründet sein." (Übersetzung durch den Autor.)

Fangen Sie also mit der Unternehmensgeschichte an – sofern es eine solche gibt, d. h. im Falle von Betriebsübernahmen oder Nachfolgegesellschaften nach Konkursen oder bei Ausgründungen aus anderen Unternehmen, etwa im Rahmen des Outsourcing (Auslagerung von Betriebsfunktionen in selbständige Unternehmen) oder durch Ausgliederung strategischer Geschäftseinheiten größerer Unternehmen. Waren Sie vor der Unternehmensgründung unselbständig tätig, ist unter dem Aspekt der Unternehmensgeschichte Ihre persönliche Entwicklungsgeschichte zu verstehen, ausgerichtet auf die geplante Unternehmensgründung.

Die Unternehmensgeschichte ist ein notwendiger Vorspann zum Business Plan, gewissermaßen das Vorwort, sie soll unter anderem beantworten, wie und warum es zur Idee der Gründung eines neuen Unternehmens kam. Bedenken Sie dabei immer den Grundsatz: kurz, klar, logisch. Langweilen Sie den Leser nicht durch weitschweifige Ausführungen. Zu umfangreiche Konzepte werden überflogen, knapp gefaßte haben die Chance, wirklich gelesen zu werden.

- Arbeiten Sie mit Überblicksdarstellungen und Graphiken.

- Gliedern Sie. Geben Sie Details mit klaren Hinweisen in den Anhang.

Dazu ein Beispiel: Ein potentieller Auftraggeber konfrontierte mich als Berater (allerdings zunächst nur verbal) mit einer Darstellung seines weltweit operierenden Unternehmens, die den Eindruck eines internationalen Konzerns entstehen ließ. In Wirklichkeit handelte es sich um einen Kleinbetrieb mit großen finanziellen Schwierigkeiten. Bei einem potentiellen Geldgeber könnte ein solches unrealistisches Bild schon das Ende der Vorstellung bedeuten. Ein anderes Beispiel: Ein Bauträger wollte Unterstützung in Verhandlungen mit einer Bank, die mit Kreditkündigung drohte, ohne auf seine Unternehmensstruktur einzugehen. Tatsache war, daß er noch kein einziges Projekt realisiert, aber mehrere größere Projekte ohne ausreichende Finanzierung und ohne geeignetes Konzept begonnen hatte. Daher: Gehen Sie auf wesentliche Aspekte schon zu Beginn ein! Enttäuschen Sie nicht! Der Leser oder Hörer Ihres Business Plan soll von Anfang an wissen, mit wem er es zu tun hat – in welcher Situation, mit welchen Ressourcen, mit welchem Know-how, mit welchem Erfahrungshintergrund.

3.1 Funktionsträger

Wer sich für Ihr Unternehmen interessiert, möchte zuerst die Personen kennenlernen, die dann eine Funktion haben.

Informieren Sie daher bei Einzelfirmen und Personengesellschaften zunächst über den/die Unternehmer selbst; bei Kapitalgesellschaften über die Gesellschafter, über Aufsichtsräte und Beiräte, über Geschäftsführer (Vorstände bei Aktiengesellschaften) und Prokuristen.

Falls Ihr Unternehmen bereits im Handelsregister bzw. Firmenbuch eingetragen ist, legen Sie der Darstellung (im Anhang) einen amtlichen Auszug bei.

Was die Gesellschafter angeht, so interessiert den Leser des Business Plan vor allem deren finanzieller Hintergrund sowie Beteiligungen an anderen Unternehmen. Deshalb müssen Sie darüber Aufschluß geben, in welchem Ausmaß die Finanzkraft der Gesellschafter dem Unternehmen selbst zugute kommt, sei es in Form möglicher Kapitalaufstockungen, Gesellschafterdarlehen, Bereitstellung von Betriebsmitteln oder Übernahme von Bürgschaften. Überdies ist die Verfügbarkeit von Knowhow der Gesellschafter von Bedeutung, etwa für die Rechtsabteilung, das Controlling, Marketing, die Werbung etc. Relevante gesellschaftliche Funktionen und Verbindungen sind zumindest eine Anmerkung wert. Ob dazu auch politische Verbindungen zählen, ist je nach Art des Geschäftsprojektes unterschiedlich und eher zurückhaltend zu beurteilen. Reine Goodwill-Erklärungen von Politikern sind als überflüssig anzusehen. Anders verhält es sich, wenn öffentliches Interesse an einem Projekt besteht und durch Förderungsmaßnahmen praktisch dokumentiert wird. Eine verbale, telefonische oder schriftliche Empfehlung von einflußreichen Personen bei einer Bank kann sich negativ auswirken: Jeder wirtschaftlich denkende Banker sollte an der Finanzierung eines vielversprechenden Projekts ohnedies interessiert sein. Die Intervention eines unbeteiligten Gönners kann dann dazu führen, daß der im Grunde willige Banker zunächst einmal prüft, ob an der Sache nicht etwas faul ist, wenn sie eine Empfehlung braucht.

Bei Aufsichtsräten bzw. Beiräten interessiert deren beruflicher und gesellschaftlicher Hintergrund sowie das Ausmaß ihrer Mitwirkung im Unternehmen. Der Wille der Gesellschafter und Geschäftsführer, sich der Beratung und Kontrolle eines Aufsichtsrates oder Beirates zu unterziehen, wird üblicherweise positiv beurteilt werden, sofern nicht ohnehin aufgrund der Unternehmensgröße ein Aufsichtsrat obligatorisch ist.

Entscheidend aber ist die Darstellung des/der Geschäftsführer(s) und Prokuristen oder, bei Einzelunternehmen und Personengesellschaften, des/der Unternehmer(s), d. h. jener Personen, die für das zukünftige Unternehmen handeln werden. Neben den persönlichen Daten, wie Alter, Familienstand, Kinder, sind die fachlichen Grundlagen darzulegen:

- Ausbildung (Schulabschlüsse, Meisterprüfung, Universitätsabschluß)
- Fortbildung
- bisher ausgeübte berufliche Funktionen
- Erfahrungen in der Mitarbeiterführung
- technische Fähigkeiten
- kaufmännische Fähigkeiten
- Vermögen
- Beteiligungen an anderen Unternehmen
- öffentliche Funktionen
- sonstige Funktionen (z. B. Lektorate an Universitäten, Fachhochschulen oder berufsbildenden Institutionen)
- Publikationen

In der Schweiz hat neben allem anderen der militärische Rang noch immer eine gewisse Bedeutung, nicht ganz zu Unrecht, nachdem etwa in der Offiziersausbildung Methoden gelehrt werden, die im Geschäftsleben von Bedeutung sein können. Nicht ohne Grund stammen viele Begriffe, die in der Betriebsführung verwendet werden, aus dem Militärvokabular (Strategie, Offensive, Abwehr, Erkundung etc.).

Soweit möglich, sind die Angaben (im Anhang) durch Referenzen zu untermauern, wobei wiederum gilt: Gefälligkeitsbestätigungen, die jeder bekommen kann, zählen nicht. Ein Branchenkollege wollte beispielsweise eine Interessenbestätigung der Wirtschaftsvertretung für sein Ostprojekt, die nicht nur ohne Konsequenzen, sondern sogar lächerlich war. Referenzen zählen nur dann, wenn Rückfragen den sachlichen Inhalt und die sachliche Bewertung der Referenz belegen.

Konzentrieren Sie sich bei der Personenbeschreibung vor allem auf jene Aspekte, die für den Erfolg des zukünftigen Geschäfts von Bedeutung sind:

- Markterfahrung
- Verkaufserfahrung
- Kundenkontakte
- Fachwissen
- kaufmännische Erfahrung

Wenn Sie eingestehen müssen, in einem dieser Bereiche keine ausreichende Qualifikation zu besitzen, erläutern Sie, wie Sie die Leistungserfüllung garantieren können, sei es durch gezielte Fortbildung oder durch Einstellung geeigneter Mitarbeiter oder durch Beiziehung von Beratern. Dabei dürfen Sie nicht übersehen, daß Ihnen

Beraterwissen nur zeitlich begrenzt zur Verfügung steht, denn dieses Wissen muß erst umgesetzt werden. Benötigen Sie eine Leistung auf Dauer, brauchen Sie Mitarbeiter. Ist Ihr Unternehmen zu klein, sich gute Fachkräfte leisten zu können, bleibt Ihnen nur noch die Möglichkeit, einen Teilzeitmanager oder Teilzeitfunktionsträger zu engagieren. In manchen Bereichen wird das durchaus erfolgreich praktiziert, insbesondere in der Verwaltung und der Logistik. Keinesfalls kann aber diese Methode in den Schlüsselfunktionen des Unternehmens zielführend sein.

Falls ein Geschäftsführervertrag existiert, sollte dieser im Anhang beigelegt werden. In einem solchen Vertrag sind geregelt:

- der Umfang der Geschäftsführung (falls mehrere Geschäftsführer bestellt sind)
- die Dauer der Geschäftsführertätigkeit (entweder auf eine bestimmte Laufzeit, üblicherweise mit Verlängerungsmöglichkeit, oder bis auf weiteres)
- die Selbstentscheidungsgrenzen des Geschäftsführers (wann müssen Aufsichtsrat bzw. Beirat oder Generalversammlung befragt werden)
- die Form der Entlohnung und der sogenannten Incentives (Dienstwohnung, Dienstauto, Prämien)
- Kündigungsregeln und Kündigungsfristen
- Konkurrenzverbotsregelung, auch für die Zeit nach dem Ausscheiden aus der Gesellschaft (gegebenenfalls mit Vertragsstrafe)

Erfolgt die Darstellung in geeigneter Form – kurz, sachlich, soweit möglich belegt, ohne Selbstlob, aber auch ohne falsche Bescheidenheit –, erhält der Adressat des Business Plan:

- einen Überblick über die handelnden Personen
- einen identifizierbaren Ansprechpartner für alle Rückfragen
- Vertrauen in die fachlichen Fähigkeiten des Unternehmers/Geschäftsführers
- Vertrauen in die Persönlichkeit
- Vertrauen in die fachgerechte Führung des Unternehmens

3.2 Rechtsform

Die üblichen und möglichen Rechtsformen wurden bereits im Kapitel „Vorphase“ erläutert. An dieser Stelle soll die Rechtsform als Teil des eigentlichen Business Plan besprochen werden, d. h. nach getroffener Wahl der Rechtsform. Trifft einer der behandelten Aspekte auf Ihre gewählte Rechtsform nicht zu (beispielsweise der Gesellschaftsvertrag bei Einzelunternehmen), so überblättern Sie den jeweiligen Abschnitt.

3.2.1 Gestaltung des Gesellschaftsvertrags

Der Gesellschaftsvertrag ist gewissermaßen die Verfassung Ihrer Gesellschaft. Es gibt Bereiche, die gesetzlich vorgeschrieben und damit unabänderlich sind, darüber hinaus gilt aber das Prinzip der Vertragsfreiheit, d. h., Sie können im Rahmen der Gesetze alles vereinbaren, was Sie wollen. Die allgemein gültigen Punkte umfassen:

- Name der Firma (Namensfirma, d. h., der Name des/der Inhaber(s) scheint im Firmennamen auf, oder Sachfirma, d. h., der Unternehmensgegenstand, also das Arbeitsgebiet der Firma wird genannt, oder Phantasiename oder Mischung aus den genannten Elementen)
- Sitz des Unternehmens
- Stammkapital (bei AG: Grundkapital)
- zeitliche Dauer der Gesellschaft
- Gesellschafter und übernommene Anteile
- Einzahlungen auf das Stammkapital
- gegebenenfalls Sachgründungsanteil (Einbringungen)
- Geschäftsführung und Vertretungsrechte (Prokura)

Daneben gibt es noch eine Fülle weiterer erforderlicher Regelungen, welche das Schicksal des Unternehmens erheblich beeinflussen können, wie beispielsweise:
- Einberufungsregelungen für die Generalversammlung (bei Anwesenheit der erforderlichen Anteile des Stammkapitals, Ersatzregelungen für den Fall der Nichtanwesenheit)
- Einschaurechte von Gesellschaftern in die Buchhaltung (nicht in den Jahresabschluß, in den muß jeder Gesellschafter Einblick haben)
- Beschlüsse, die der Generalversammlung vorbehalten sind (z. B. Großinvestitionen)
- Regelungen zu eventuellen Stammkapitalerhöhungen (üblicherweise mit qualifizierter Mehrheit in der Generalversammlung)
- Nachschußpflicht der Gesellschafter (d. h. Verpflichtung zur Stammkapitalerhöhung in gewissem Ausmaß, üblicherweise auf Anforderung des Geschäftsführers)

- Regeln für Bestellung und Abberufung des Geschäftsführers
- Stimmrechtsregelungen für die Generalversammlung (erforderliche Mehrheiten)
- Minderheitenrechte
- Kündigungsregelungen für Gesellschafter
- Übernahmeregelungen für Gesellschaftsanteile
- Bewertungsregeln für Gesellschaftsanteile scheidender Gesellschafter
- Regeln für die Vererbung
- Regeln für den Konkurs eines Gesellschafters
- Regeln für die aktive Mitarbeit von Gesellschaftern
- Schiedsgerichtsvereinbarungen für Streitigkeiten zwischen Gesellschaftern
- zeitliche Regelungen für die Vorlage des Jahresabschlusses (üblich innerhalb von 5 Monaten nach Abschluß des Geschäftsjahres)
- Regelungen für Aufsichtsrat oder Beirat
- Regelungen für die Einstellung von Familienangehörigen oder Lebensgefährten der Gesellschafter, Geschäftsführer, Prokuristen, Aufsichtsräte, Beiräte

Der Gesellschaftsvertrag sollte im Anhang des Business Plan erfaßt sein. Je umfassender die Regelungen sind, desto weniger ist der Adressat gezwungen, die Einflüsse auf die Unternehmensentwicklung zu hinterfragen.

- Beim Gesellschaftsvertrag gilt wie bei jedem anderen Vertrag: Ein guter Vertrag regelt möglichst viele Eventualitäten. Verträge nach dem Prinzip „Wir werden schon keinen Richter brauchen" zu erstellen, ist völlig falsch. Gute Verträge sorgen durch ihre klaren Regelungen dafür, daß die Form der Streitbeilegung schon von vornherein geklärt ist.

- Hüten Sie sich vor unklarer Entscheidungsmacht. Viele Gesellschaftsverträge teilen das Stammkapital im Verhältnis 50:50 oder 25:25:25:25 auf. Das kann im Streitfall zu einer Pattstellung führen. Sorgen Sie in solchen Fällen zumindest durch Entscheidungsregelungen vor, beispielsweise durch Beiziehung unabhängiger Experten, deren Empfehlung für den gleichberechtigten Partner, der anderer Meinung ist, bindend ist.
- Binden Sie keine unwilligen Gesellschafter an die Firma. Bieten Sie relativ flexible Ausstiegsmöglichkeiten.

3.2.2 Eigentumsverhältnisse

Während bei Kapitalgesellschaften die Eigentumsverhältnisse unter anderem aus dem Blickwinkel der Steuergestaltung und des Verrechnungspreises zwischen Firmen eines Firmenverbunds zu betrachten sind, interessiert bei der üblichsten Form, der Familien-GmbH, vor allem das tatsächliche Vermögen der Gesellschaft und seiner Eigentümer.

Angesichts der wachsenden Risiken sind viele als Kapitalgesellschaften gegründete Unternehmen nur mehr mit geringem Eigenkapital und Vermögen ausgestattet. Vielfach wird das Vermögen im Privatbereich gehalten und dem Unternehmen lediglich vermietet oder aber in Form einer Besitzgesellschaft erworben. Banken reagieren, indem sie persönliche Haftungen der Gesellschafter oder Geschäftsführer verlangen, wodurch ihr Risiko geringer wird. Anders die übrigen Gläubiger. Deren Risiko ist nur durch ein gut geführtes, erfolgreiches Unternehmen abgedeckt. Im Fall eines Bankrotts bleibt wenig. Diese Situation trifft Sie nicht nur als gewissermaßen Begünstigten des eingeschränkten Risikos (Sie haben nicht vor, bankrott zu werden), sondern auch als Betroffenen, als Gläubiger. Dann werden Sie es nicht besonders schätzen, wenn Ihre Schuldner relativ ungeschoren davonkommen und ohne Konsequenzen nicht bezahlen. Zudem führt die Vielzahl der Insolvenzen zu sogenannten Sekundärinsolvenzen, d. h., Firmen werden zahlungsunfähig, weil sie von ihren Schuldnern kein Geld mehr bekommen. Für derartige Fälle bietet eine GmbH ebenso berechtigt Schutz wie gegen überhöhte Produkthaftungsansprüche. Als Grundsatz formuliert: Wirtschaftlich berechtigt ist jede Form des Schutzes, die letztlich dafür sorgt, daß ein Fortbestehen des Unternehmens nach Insolvenz der überwiegenden Mehrzahl der betroffenen Gläubiger und sonstigen Anspruchsberechtigten mehr Nutzen bringt als eine volle Haftung mit damit verbundener Vernichtung des Unternehmens und Vernichtung der wirtschaftlichen Existenz des Unternehmers.

Je mehr Risiko im eigentlichen Leistungsbereich des Unternehmens besteht, desto mehr wird auch der Kapitalgeber darauf drängen, durch richtige Gestaltung der Rechtsform und richtige Einbindung des Firmenvermögens das Risiko in überschaubaren Bereichen zu halten.

3.2.3 Haftungsverhältnisse

Falls Sie eine Einzelfirma haben: Verabschieden Sie sich vom Gedanken einer Haftungsbeschränkung. Theoretisch könnten Sie zwar Ihr Privatvermögen Ihrer Frau übertragen, aber nur dann, wenn noch keine Insolvenz droht und Sie Gütertrennung vereinbart haben (in Österreich gesetzlich verankert). Ob das ein auf Dauer guter Gedanke ist, hängt von der Qualität Ihrer Ehe ab.

Grundsätzlich ist zu unterscheiden zwischen einer Haftung kraft Gesetz und einer Haftung kraft Vertrag.

Haftung kraft Gesetz heißt, daß das Gesetz keine Haftungsbeschränkung vorsieht, wie etwa bei der Einzelfirma oder bei der OHG. Solche unbeschränkten Haftungen gelten teilweise auch für Geschäftsführer von Kapitalgesellschaften, etwa für bestimmte Steuern. Eine etwaige Haftungsbeschränkung gilt nur für jenen Vertragspartner, der Sie von der Haftung befreit. Wenn Sie beispielsweise das Einzelunternehmen Ihrer Eltern übernehmen, kann Ihnen die Bank erklären, im Fall des Scheiterns nur auf das Firmenvermögen zuzugreifen. Diese Haftungsbeschränkung gilt dann aber nur für die Bank, nicht für andere Gläubiger.

Besonders zu beachten ist bei Betriebsübernahmen der § 25/1 HGB:[14] „Wer ein unter Lebenden erworbenes Handelsgeschäft unter der bisherigen Firma mit oder ohne Beifügung eines das Nachfolgeverhältnis andeutenden Zusatzes fortführt, haftet für alle im Betriebe des Geschäfts begründeten Verbindlichkeiten des früheren In-

[14] HGB der BRD, a.a.O., § 25

habers (...).“ Und weiter: „Eine abweichende Vereinbarung ist einem Dritten gegenüber nur wirksam, wenn sie in das Handelsregister eingetragen und bekanntgemacht oder von dem Erwerber oder dem Veräußerer dem Dritten mitgeteilt worden ist.“

Haftung kraft Vertrag heißt, Sie verpflichten sich vertraglich zu einer Haftung, zu der Sie laut Gesetz nicht verpflichtet sind. Das geschieht für gewöhnlich über Bürgschaften. Es ist Usus geworden, sich im Falle des Falles von übernommenen Verpflichtungen zu befreien, was durchaus erfolgreich sein kann. Der BGH (OGH in Österreich) schützt allerdings nur jene Bürgen, die in einer Zwangssituation zur Bürgschaft verleitet wurden. Riskieren Sie besser nicht, es darauf ankommen zu lassen. Definieren Sie genau, wofür und womit Sie bürgen wollen und können.

- Übernehmen Sie keine unbegrenzten Bürgschaften.
- Bürgen Sie nie gemeinsam mit anderen Bürgen für den gleichen Betrag, d. h. keine sogenannten „Solidarbürgschaften“.
- Bürgen Sie nie, wenn Sie keinen persönlichen Nutzen aus der Übernahme der Bürgschaft haben.
- Gehen Sie keine höheren Bürgschaften ein, als Sie finanziell verkraften können.

3.2.4 Handlungsermächtigungen

Es gibt unbeschränkte und beschränkte Handlungsermächtigungen für Unternehmen. Die Handlungsermächtigung des Einzelunternehmers, des Gesellschafters der GbR und des Gesellschafters der OHG sind grundsätzlich unbegrenzt und nur im Innenverhältnis (d. h. zwischen den Gesellschaftern) begrenzbar.

Der Alleingeschäftsführer der GmbH ist zur vollständigen Vertretung der GmbH berechtigt, kann aber bei bestimmten Entscheidungen verpflichtet sein, einen Generalversammlungsbeschluß einzuholen. Dies ist ein Grund mehr, dem Business Plan einen Gesellschaftsvertrag beizufügen.

Sind mehrere Geschäftsführer zur Vertretung berechtigt, regelt die Geschäftsordnung oder der Geschäftsführervertrag die Berechtigungen jedes einzelnen und auch jene Entscheidungen, die gemeinsam herbeizuführen sind (mit Konfliktregelungsanweisungen bei unterschiedlichen Auffassungen). Auch diese Regelungen sind Teil des Anhangs eines Business Plan.

Der Prokurist ist laut § 49 HGB zu allen Arten von gerichtlichen und außergerichtlichen Geschäften und Rechtshandlungen ermächtigt, die der Betrieb eines Handelsgewerbes mit sich bringt (Ausnahme: Veräußerung und Belastung von Grundstücken). § 50 HGB legt fest, daß eine Beschränkung des Umfanges der Prokura gegenüber Dritten unwirksam ist.[15]

Demgegenüber ermächtigt die Handlungsvollmacht nur zu gewissen Geschäften, die genau definiert sind. Übliche Formen der Handlungsvollmacht sind beispielsweise die Postvollmacht (Übernahme von Post, auch von eingeschriebenen Briefen), die Bankvollmacht (Ermäch-

---

[15] HGB der BRD, a.a.O., §§ 49–50

tigung zur Unterfertigung von Überweisungen) und die Unterschriftsvollmachten für einfache Geschäftspost.

Alle Formen von Handlungsermächtigungen sind im Business Plan auszuführen. Gegebenenfalls ist nach der Entscheidung, welche der Business Plan herbeiführen soll (Kreditgewährung, Beteiligung, Subvention), zu klären, welche Aktualisierungen laufend nachzureichen sind.

3.2.5 Soziale Absicherung

Ein Aspekt, der aufgrund der nachhaltigen Verpflichtung des Unternehmens nicht fehlen darf, ist die soziale Absicherung des/der Geschäftsführer(s) durch Pensionsverträge oder Abfertigungen. Dabei sind nicht nur die Bedingungen für den Eintritt derartiger sozialer Sicherungsmaßnahmen zu definieren (beispielsweise Erreichen eines bestimmten Alters, Berufsunfähigkeit, Kündigung), sondern auch die Formen der Reservenbildung des Unternehmens zur Erfüllung derartiger Ansprüche, sei es in Form von Versicherungen oder Wertpapierrücklagen.

3.3 Leistungsprogramm

Wurde Klarheit über die handelnden Personen, deren Herkommen, Hintergrund, Fachwissen, Vermögen, Haftungsbereitschaft und Vermögensverhältnisse geschaffen, ist das Leistungsprogramm darzustellen. Das ist gar nicht so einfach, denn Sie müssen mit wenigen Worten sagen, was Sie welchem Markt in welcher Form bieten wollen. Denken Sie an die bereits zitierte Fragestellung Peter Druckers: „What business are we in?“ Nehmen wir beispielsweise an, Sie stellen Oberbekleidung her. Glauben Sie, diese Kennzeichnung sei ausreichend? Sicherlich nicht. Allein um die Produkte zu beschreiben, müssen Sie ins Detail gehen, etwa;

- für Damen, Herren oder Kinder?
- Modelle oder Massenware?
- modern, klassisch oder Tracht?
- Sommerware, Winterware, Übergangsware?
- Was ist das Besondere?

Einige der häufigsten Fehler bei der Definition des Leistungsprogramms sind:

- Denken in Produkten, nicht in Leistungsformen
- Denken in Leistungsfähigkeiten, nicht in marktbezogenen Problemlösungen
- Keine Berücksichtigung unterschiedlicher Zielgruppen
- Keine Berücksichtigung unterschiedlicher Vertriebswege bei scheinbar gleichem Produktprogramm
- Keine Berücksichtigung von Imagefaktoren bei identischem Grundnutzen (Denken Sie beispielsweise an Schuhe aus einem ehemaligen Oststaat gegenüber Schuhmode aus Italien.)
- Insellösungen ohne Einbindung in einen Gesamtzusammenhang

Wenn Sie Ihr Leistungsprogramm im Business Plan formulieren, sollten Sie dies aus der Sicht des Kundennutzens tun. Was bieten Sie Ihren zukünftigen Kunden an Leistung? Welche Produkte, welche Beratung, welchen Service? Welchen Grundnutzen und welchen Zusatznutzen erhält Ihr Kunde? Wie sichern Sie, daß Ihr Kunde auch nach dem Kauf noch mit Ihrer Leistung glücklich ist? Und nicht zuletzt: Was unterscheidet Ihre Leistung von der Leistung Ihrer Konkurrenten? Nichts? Dann müssen Sie über erhebliche Marketingvorteile verfügen, d. h., der Marketingteil Ihres Business Plan muß deutliche Stärken gegenüber Ihren Konkurrenten belegen, oder Sie werden früher oder später unweigerlich in einen ruinösen Preiskampf geraten.

An dieser Stelle sei ein neuer Begriff eingeführt: die Strategische Geschäftseinheit (SGE). Eine Strategische Geschäftseinheit ist eine Kombination von Produkt (Leistung) und Markt, d. h. ein bestimmtes Leistungsprogramm für einen bestimmten Markt. Jede SGE ist dadurch gekennzeichnet, daß sie einen identifizierbaren stärksten Konkurrenten hat und daß die in der SGE erfaßten Produkte und Leistungen eine einheitliche Entwicklung auf dem Markt haben. Strategien sind pro SGE zu entwickeln, und auch die Attraktivität des Marktes und Ihre relativen Wettbewerbsvorteile (nämlich relativ zum stärksten Konkurrenten in der SGE) sind für jede SGE zu analysieren.

Die Unternehmensstrategie wird in einem weiteren Kapitel dieses Buches noch näher erläutert, Beispiele für Strategieanalysen und die Positionierung Strategischer Geschäftseinheiten in einem Portfolio, finden Sie im Anhang.

Hier einige Anregungen, Ihr Leistungsprogramm für den Business Plan richtig zu formulieren:

Sie gründen ein Softwarehaus. Lösen Sie Probleme:
- für Handelsunternehmen
- für Produktionsunternehmen
- für Dienstleister
- für Verwaltungsbehörden
- für Ärzte

(= Zielgruppendefinition)
- für deren Verwaltung
- für deren Leistungsbereich
- für deren Betriebsdatenerfassung

(= Leistungsdefinition im engeren Sinn)
- für Großanlagen
- für PC-Einzelplätze
- für PC-Netzwerke unter Novell, Windows?

- Sie übernehmen ein Hotel. Welche Kategorie? Hotel Garni? Geschäftskunden oder Urlauber? Gesundheitshotel? Ganzjahresbetrieb oder Saisonbetrieb?

- Sie wollen Unternehmensberater werden. Technik oder Betriebswirtschaft? Welche Branchen? Welche Fachgebiete? Welche Unternehmensstruktur? Welche Firmengrößen? Welche Problemstellungen? Welche Auftragsstruktur?

- Sie gründen ein Transportunternehmen. Personentransport oder Warentransport? Ferntransport oder Nahtransport? Welche Tonnage? Welche Spezialtransporte? Aus welchen Ländern in welche Länder? Welche Art von Fahrzeugen?

Identifizieren Sie Ihr Unternehmen genau, formulieren Sie Ihre einzigartige Verkaufsposition (USP, Unique

Selling Proposition), Ihr Unterscheidungsmerkmal, Ihre ganz persönliche Note, das Gesicht Ihres Unternehmens.

3.4 Organisationslayout

Im Organisationslayout müssen Sie die Aufbauorganisation (welche Ressourcen sind vorhanden und in welcher Rangfolge?) und die Ablauforganisation (wie kommen die anfallenden Arbeiten zum Leistungsträger, wo und wie werden sie erledigt?) Ihres Unternehmens festlegen.

Aufbauorganisation heißt hierarchische Über- und Unterordnungen sowie Zuständigkeiten. Die Darstellung erfolgt üblicherweise in einem Organigramm (siehe Muster in nachstehender Tabelle).

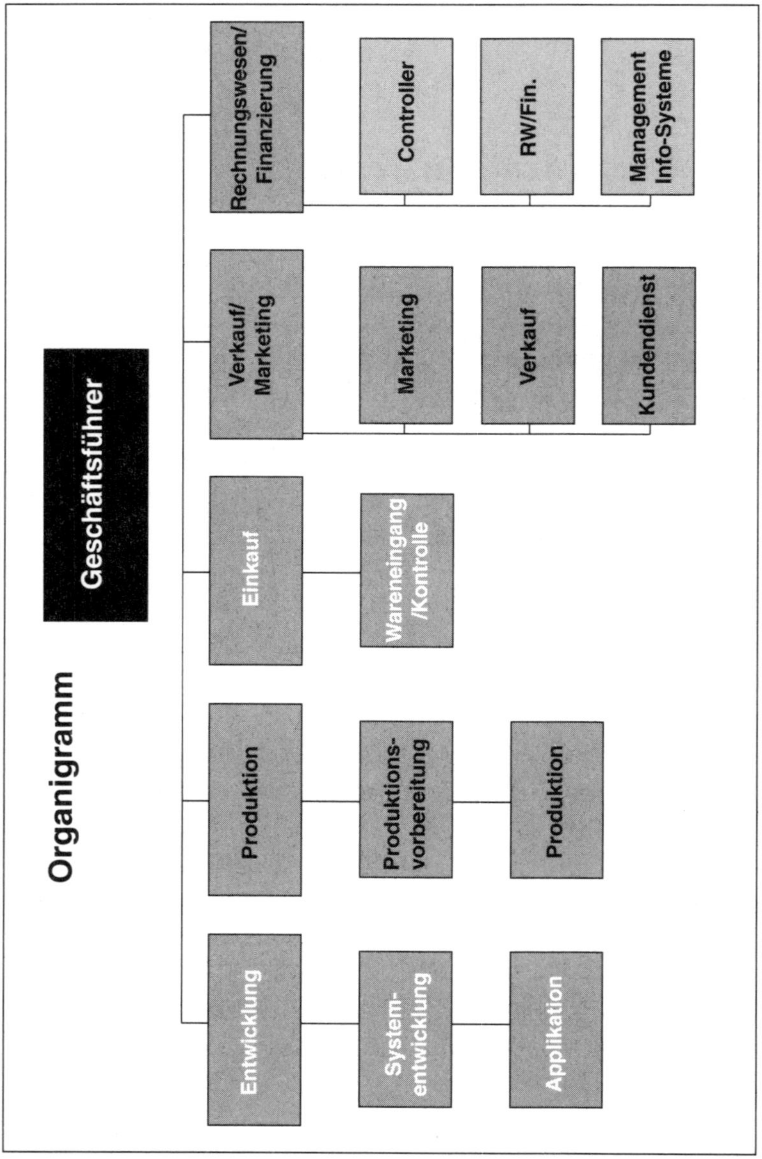
Organigramm
Geschäftsführer
Entwicklung
System-
entwicklung
Applikation
Produktion
Produktions-
vorbereitung
Produktion
Einkauf
Wareneingang
/Kontrolle
Verkauf/
Marketing
Marketing
Verkauf
Kundendienst
Rechnungswesen/
Finanzierung
Controller
RW/Fin.
Management
Info-Systeme

Die Detaillierung der Aufgaben einzelner Funktionsträger erfolgt in einer Stellenbeschreibung, die folgende Grundelemente enthalten soll:

- Bezeichnung der Stelle
- Stelleninhaber
- fachliche Anforderungen an den Stelleninhaber
- Leistungskriterien der Stelle
- organisatorische Einordnung der Stelle (Über- und Unterstellungsverhältnisse)
- Stellvertretung (aktiv, passiv)
- Aufgaben der Stelle im Detail
- technische Hilfsmittel
- Kommunikationseinbindung (Datenzugang, Datengewinnung)
- Kompetenzen (fachlich, disziplinär, Handlungsvollmachten)

Für den Business Plan mag es genügen, die Stellenbeschreibung der Führungskräfte beizufügen.

Die Organisation des Ablaufs ist wesentlich aufwendiger und wird in Form eines Ablaufdiagramms dargestellt. Dabei werden zunächst alle anfallenden Vorgänge erfaßt (beispielsweise Auftragseingang, Produktionsauftrag, Entwurf eines Prospektes, Preislistenwartung) und dann stellenübergreifend dargestellt. In der Praxis ist diese Darstellung meist nur im Überblick ausgeführt, oder, bei kleineren Unternehmen, in Form mündlicher Arbeitsanweisungen. Beachten Sie aber, daß jede Veranschaulichung, gleichgültig, in welcher Form (Grafik, verbale Darstellung), frühzeitig Lücken im Ablauf und Schwachstellen aufzeigt.

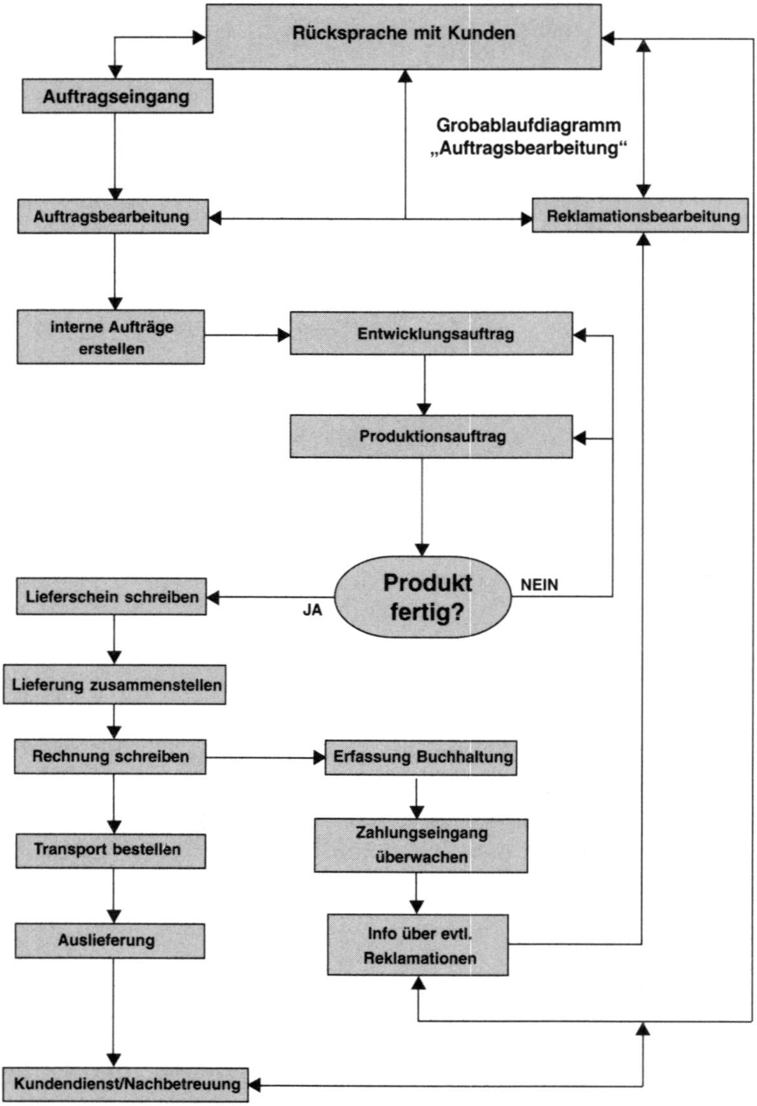
Rücksprache mit Kunden
Auftragseingang
Grobablaufdiagramm
„Auftragsbearbeitung"
Auftragsbearbeitung
Reklamationsbearbeitung
interne Aufträge erstellen
Entwicklungsauftrag
Produktionsauftrag
Lieferschein schreiben
JA
Produkt fertig?
NEIN
Lieferung zusammenstellen
Rechnung schreiben
Erfassung Buchhaltung
Zahlungseingang überwachen
Transport bestellen
Auslieferung
Info über evtl. Reklamationen
Kundendienst/Nachbetreuung

3.5 Investitionsplanung

Am Beginn jedes Unternehmens steht die Herstellung der Leistungsbereitschaft. Dazu gehört zunächst auch die technische Leistungsbereitschaft, d. h. Raum, Maschinen, Geräte, Einrichtung, Fahrzeuge.

Unternehmensneugründung heißt: wenig Erfahrung im Leistungsbereich und ungewisse Zukunft. Bei jeder Entscheidung unter unsicheren Bedingungen gilt daher:

Grundsatz 5: *Gestalten Sie Ihr Unternehmen so flexibel wie nur irgendwie möglich.*

Dieser Grundsatz der Flexibilität ist, je nach dem Leistungsprogramm Ihres Unternehmens, mehr oder weniger einfach einzuhalten. Haben Sie ein anlagenintensives Unternehmen, d. h. ein Unternehmen, bei welchem Sie allein zur Herstellung der Betriebsbereitschaft viel Vermögen brauchen (beispielsweise bei Industriebetrieben, Hotels, Reinigungsfirmen), gehen Sie bereits bei Gründung ein erhebliches Risiko ein, denn erfahrungsgemäß ist im Falle der Liquidation eines Unternehmens der Wert von Anlagevermögen sehr gering. Je größer aber das nicht vermeidbare Risiko ist, desto sorgfältiger müssen die Planungen und Berechnungen sein.

Bei der Planung sind zwei grundsätzliche Aspekte zu berücksichtigen, nämlich qualitative und quantitative Faktoren.

Qualitative Faktoren können nicht in Zahlen ausgedrückt werden. Sie betreffen beispielsweise Technologie, Leistungssicherheit, Haltbarkeit. Techniker werden jetzt vielleicht widersprechen, nur: die Tatsachen widersprechen den Technikern; selbst sehr teure Maschinen haben in der Praxis häufig längere Anlaufzeiten und mehr Anlaufprobleme, als selbst bei vorsichtigster Betrachtung vermutet wird. Die Folgen können bei zu knapper Kapitaldecke eines Unternehmens fatal sein: zu später Produktionsbeginn, hohe Produktionsausfälle, Qualitätsprobleme, unwirtschaftlicher Personaleinsatz.

Bei geringer finanzieller Standfestigkeit heißt daher der Grundsatz: erprobte Technologien einsetzen oder, falls das die Entwicklung des Unternehmens erheblich beeinträchtigen würde, ausreichende finanzielle und technische Sicherheitsspannen einplanen.

Die quantitativen Grundlagen der Investition ergeben sich zum großen Teil aus qualitativen Faktoren. Etwa:

- mögliche Produktionsleistungen
- Durchlaufzeiten
- Rüstzeiten
- Betriebsmittelkosten
- Servicekosten
- erforderliches Bedienungspersonal
- Energiebedarf
- Ersatzteilbedarf

Auch wenn quantitative Faktoren scheinbar klar umrissen sind, darf das nicht dazu verleiten, sichere Grundlagen für die Investitionsplanung darin zu sehen. So passiert es bei Industriebetrieben leider immer wieder, daß trotz sorgfältiger Planung seitens der zuständigen Techniker und trotz vorliegender Angebote von Lieferanten die Investitionskosten von Maschinen bis zu 60 % überschritten werden, während die praktische Leistung hinter der Planung nachhinkt. Dabei werden stets die gleichen Fehler gemacht:

- Nichtberücksichtigung von Kosten der Raumvorbereitung
- Nichtberücksichtigung von Kosten zur Energiezuleitung
- Nichtberücksichtigung von Kosten zur Entsorgung
- Nichtberücksichtigung erforderlicher Zwischenlager
- Nichtberücksichtigung von Kosten der Zusatzausstattung
- Nichtberücksichtigung von Schulungs- und Einweisungskosten
- Nichtberücksichtigung von Anlaufschwierigkeiten
- Nichtberücksichtigung neu auftretender Produktionsengpässe

Bei der realisierten Leistung von Maschinen darf nicht übersehen werden, daß auch die Auftragsgröße eine entscheidende Rolle spielt, d. h. die Produktionsmenge. Viele Unternehmen verbluten an ihrer Produktvielfalt, da durch diese Vielfalt die Rüstzeiten länger sind als die Fertigungszeiten.

Um die Problemstrukturen zu erkennen und Varianten berechnen zu können, ist zu empfehlen, mehrere Methoden der Investitionsrechnung anzuwenden. Es gibt grundsätzlich drei Verfahren, durch welche unterschiedliche Fragestellungen beantwortet werden:

- Beurteilung der Rentabilität einer Investition
- Beurteilung von Investitionsalternativen
- Beurteilung der Kapitalbindungsdauer

Verfahren zur Beurteilung der Rentabilität fußen auf einem angenommenen Beginn und Ende der Wirkung einer Investition. Die durch eine Investition verursachten Einnahmen und Ausgaben werden auf einen Bezugszeitpunkt (üblicherweise den Anschaffungszeitpunkt) abgezinst. Dabei wird ein bestimmter Zinssatz angenommen, üblicherweise in Anlehnung an die Rendite festverzinslicher Wertpapiere.

Ist der daraus zu errechnende Kapitalwert oder Barwert positiv, d. h., sind die geplanten, abgezinsten Einnahmen höher als die Summe aller abgezinsten Ausgaben, gilt die Investition als vorteilhaft. Ähnliche Berechnungen werden Sie im Rahmen Ihres Business Plan anstellen müssen, allerdings bezogen auf Ihr gesamtes Unternehmen, nicht auf eine alleinstehende Investition. Doch dazu später.

Soll durch die Investitionsrechnung die Höhe der zu erwirtschaftenden Rentabilität festgestellt werden, wird die Methode des „internen Zinsfußes“ angewandt. Damit kann errechnet werden, bei welchem angesetzten Zinssatz sich ein Barwert von Null ergibt, d. h. welcher „Return-On-Investment“ durch die Investition (planerisch) erwirtschaftet wird.

Für Sie wird bei der Unternehmensgründung ein anderer Aspekt von wesentlich größerer Bedeutung sein: die Beurteilung der Vorteilhaftigkeit von Investitionsalternativen. Dies geschieht mit Hilfe der sogenannten Kostenvergleichsrechnung. Der theoretische Ansatz ist relativ einfach: Sie stellen Investitionsalternativen einander gegenüber und bewerten die Kostendifferenzen aller unterscheidbaren Faktoren. Als Ergänzung dazu könnten auch noch qualitative Faktoren und deren Be-

deutung unterschieden werden. Müssen Sie beispielsweise eine Produktionsmaschine anschaffen, könnten folgende Unterscheidungsfaktoren von Bedeutung sein:
quantitativ

- Anschaffungspreis
- Leistungsfähigkeit
- Zubehörkosten
- Energieverbrauch
- Bedienungsaufwand
- Rüstzeiten
- Fehleranfälligkeit
- Haltbarkeit

qualitativ

- Schulung
- Betriebsanleitungen
- Servicegeschwindigkeit
- Erprobung der Maschine
- Kontakt zum Lieferanten
- Gegengeschäftsmöglichkeiten

Eine andere Möglichkeit des Kostenvergleichs wäre, zu berechnen, ob eine Investition sich überhaupt lohnt, d. h. ob Sie nicht besser die Leistung durch eine andere Firma erbringen lassen sollten.

Grundsatz 6: ***Ein Markt ist wichtiger als eine Fabrik.***

In vielen Betrieben kann man die gleiche Situation feststellen: viel zu viele ungenutzte Ressourcen. Das Ausmaß der Nutzung dieser Ressourcen liegt deutlich unter dem Optimum, sogar deutlich unter dem wirtschaftlich noch vertretbaren Soll. Die Begründung der Unternehmer klingt sehr einleuchtend, beweist aber letztlich nichts anderes als Inflexibilität: Diese Leistung kann nicht nach außen gegeben werden. Überprüfen Sie bei jedem Leistungselement, ob nicht ausreichende, günstige, für Sie verfügbare Ressourcen vorhanden sind, die Sie nutzen können, ohne von vornherein Ihr Kapital in Investitionen zu binden.

Grundsatz 7: ***Ressourcen sind erst zu schaffen, wenn der Markterfolg gesichert ist.***

Nur wenn Sie diesen Grundsatz befolgen, bleiben Sie flexibel. Und noch etwas: Nicht genutzte Ressourcen sind zwar in Ihren Bilanzen als Vermögensbestandteil angeführt, haben aber nur im Fall einer Liquidation praktischen Wert, und dieser ist meist gering.

Die weiteren Investitionsbetrachtungen beziehen sich auf den Zeitraum der Kapitalbindung, d. h. auf jenen Zeitraum, in welchem Ihr Kapital noch nicht an Sie (oder Ihre Bank) zurückgeflossen ist. Die Fragestellung ist: Wie lange dauert es, bis die Investition sich aus ihrem eigenen Nutzen zurückzahlt? Wie hoch ist der „Return-On-Investment" pro Jahr? Die Summe des Cash-flow nach Abzug der Ertragssteuern muß größer sein als die Anschaffungskosten der Investition:

Summe Cash-flow > Anschaffungskosten
Cash-flow = Einnahmen > Ausgaben
Cash-flow nach Steuern = Cash-flow – Ertragssteuern

Das entsprechende Investitionsrechnungsverfahren heißt Amortisationsrechnung. Berücksichtigt man den Zeitfaktor in Form einer Verzinsung, handelt es sich um eine dynamische Amortisationsrechnung.

Beachten Sie:
- Investitionen nur im notwendigen Ausmaß
- Kostenvergleichsrechnungen durchführen
- Zukaufsmöglichkeiten für Ressourcen suchen
- bei Kapitalknappheit: Miete geht vor Kauf (Leasing ist nicht Miete!)
- Amortisationsrechnung durchführen (Ziel: Amortisationszeit < halbe Lebensdauer der Investition)
- vorsichtige Schätzungen bei der Auslastung
- Anlaufkosten berücksichtigen (zeitlich, hinsichtlich Produktivität)
- Nebenkosten berücksichtigen (für Organisation und Schulung)

Während bei Geschäftsgründungen oder -erweiterungen in Produktionsunternehmen die Gefahr im Bereich der technischen Überausstattung liegt, besteht bei Neugründungen im Handel eher die Gefahr der luxuriösen Investition. Stellen Sie jedenfalls Überlegungen an hinsichtlich:
- der Funktionalität
- der Qualität für den Kunden (bei Produkt und Leistung)
- des Preises, unter den genannten Rahmenbedingungen
- der Flexibilität durch Erweiterungsfähigkeit

Übrigens: Jedes zu lagernde Produkt ist eine Investition.

Ein altes, vielleicht etwas überstrapaziertes Jungunternehmer-Thema handelt vom PKW. Nur dann, wenn Ihr Auto auch Repräsentativaufgaben erfüllt oder wenn Ihr Unternehmen von Ihnen hohe Jahreskilometerleistungen verlangt, sollten Sie bei knappem Eigenkapital Ihre Mittel in Form eines Luxuswagens verschwenden. Ein Business Plan ohne Darstellung des Investitionsplans ist unvollständig, und ein betrieblich nicht notwendiger Luxuswagen hinterläßt sicherlich keinen guten Eindruck beim Adressaten. Wenn Sie nun glauben, diese Hürde umschiffen zu können, indem Sie Ihr Auto leasen: Die Leasingrate taucht in Ihrem Budget auf, und jede Budgetposition ist im Detail zu belegen. Erst wenn Sie Ihren Luxuswagen verdient haben, sollten Sie ihn sich leisten.

3.6 Produktions- und Dienstleistungsplanung

In engem Zusammenhang mit Ihrem Investitionsplan steht die Planung der betrieblichen Leistung. Wie schon früher erwähnt, kann über die Anordnung der Elemente im Business Plan diskutiert werden. Vielleicht sind Sie der Meinung, die Leistungsplanung hätte vorgezogen werden sollen. Kein Problem. Kehren Sie nach Bearbeitung dieses Kapitels zu Kapitel 3.5 zurück, und bringen Sie an dieser Stelle dann die neuen Überlegungen ein.

Die erste Frage, die Sie sich stellen sollten, ist die Frage nach der Wertschöpfungstiefe: Was wollen Sie selbst machen, was wollen Sie zukaufen? Das Extrem der einen Seite ist der Betrieb, der alles selbst erzeugt, das Extrem der anderen Seite jener, der alles zukauft, auch die erforderlichen Dienstleistungen, und Servicearbeiten, d. h. ein Betrieb, der sich nur um den Markt kümmert, nur verkauft. Bei Autoren wäre dies der Fall, wenn sie nicht mehr selbst schreiben, sondern lediglich ihren Namen hergeben und für die Arbeit einen sogenannten Ghostwriter einsetzen. Nachdem vermutlich weder Sie als Leser dieses Buches noch ich in der glücklichen Situation sind, nur mehr unseren Namen zu verkaufen, stellen wir uns die Frage nach der Wertschöpfungsstruktur Ihres Unternehmens:

- Welche Position in der Wertschöpfungskette (von der Materialgewinnung bis zum fertigen, an den Kunden verkauften Produkt) wollen Sie einnehmen?
- Beschäftigen Sie sich mit Waren oder Dienstleistungen?
- Welche Ressourcen benötigen Sie, um Ihre betrieblichen Aufgaben zu erfüllen?
- Welches Know-how benötigen Sie?
- Welche Form der Fertigung wollen Sie anwenden? Auftragsbezogen oder auf Lager? Fließbandfertigung, Serienfertigung, Arbeitsgruppen oder andere?
- Welche Personen in Ihrem Unternehmen (oder, falls Ihr Personal noch nicht rekrutiert ist, welche Stellen) sollen welche Funktionen übernehmen?

Eine häufig übersehene Banalität: Jede Wertschöpfungsposition und jede Fertigungsmethode hat eigene Erfordernisse an Ressourcen. Kaufen Sie Material zu, brauchen Sie eine geeignete Wareneingangskontrolle, sowohl zur

Prüfung der Qualität und zum Prüfen der Einhaltung gesetzlicher Bestimmungen (u. a. der EU-Verordnungen) als auch für Mengen-, Preis- und Konditionenprüfungen. Das Ausmaß von Schäden durch Irrtümer bei Lieferung und Verrechnung ist beträchtlich.

Grundsatz 8: ***Jede Kontrolle verursacht Kosten, die aber quantifizierbar sind. Jede unterlassene Kontrolle verursacht Kosten, die sich jeder Schätzung entziehen und damit unkalkulierbar sind.***

Für das nachfolgende Glied der Wertschöpfungskette, möglicherweise den Konsumenten, sind Sie der Verantwortliche für Fehler und Schäden. Diese mögen vielleicht nicht auf dem Rechtsweg einzufordern sein, aber: Gegen Ihren Kunden können Sie niemals recht behalten.

Um dem Prinzip der Flexibilität zu entsprechen, könnten Sie auch einen Entwicklungsplan für die Erweiterung Ihrer Wertschöpfung erstellen, d. h. zunächst eher in großem Ausmaß zukaufen und, wenn entsprechende Analysen und Planungen dies als vorteilhaft erscheinen lassen, die Wertschöpfungstiefe erhöhen. Manche große Handelsorganisationen sind genau diesen Weg gegangen. Sie haben als Einkaufsvereinigungen begonnen, in weiterer Folge eigene Entwürfe produzieren lassen und zum Schluß auch noch Produktionsbetriebe errichtet (oder gekauft oder sich daran beteiligt, um die Belieferung sicherzustellen).

Eine Form des Lean Management, der „schlanken Organisation“, ist die Verkürzung von Wertschöpfungsstufen. Dieser Entwicklung sind im Rahmen der EU unter anderem jene Großhandelsunternehmen zum Opfer gefallen, welche den Produzenten keinen unverzichtbaren Nutzen im Kontakt zum Kunden nachweisen konnten. Andererseits reagieren manche Produzenten auf die wachsende Macht des Handels (ein Markt ist wichtiger als eine Fabrik!) mit dem Aufbau eigener Handelsorganisationen, um dadurch dem Kunden näherzukommen. Diese Strukturverschiebungen lassen einerseits Betriebsstrukturen verschwinden, geben aber anderen neue Chancen. Das erreichen Sie, indem

- Ihre persönliche Leistung,
- die Leistung Ihrer Mitarbeiter,
- Ihre technischen Ressourcen,
- Ihre räumlichen Ressourcen,
- Ihr Kontakt zum Markt

so hervorragend sind, daß Sie nicht eingespart werden können, ohne daß der Schaden für den Kostenminimierer größer wäre als der Nutzen.

Positionieren Sie Ihre Wertschöpfungsstruktur daher entsprechend den Marktchancen, die der Entwicklungstrend erkennen läßt. Ihre Leistung muß für Ihren Lieferanten wie für Ihren Kunden mehr Nutzen bringen als Kosten, d. h., Ihre Funktion in der Wertschöpfungskette muß grundsätzlich außer Frage stehen. Falls Sie die dazu erforderliche Finanzkraft haben, wäre sogar die Möglichkeit eines Kaufs von Betrieben vor- oder nachgelagerter Wertschöpfungsstufen als strategische Überlegung zu überprüfen.

3.7 Einkaufsplanung

Betrachtet man die Gewinn- und Verlustrechnung eines Unternehmens, ist eine der bedeutendsten Kostenpositionen fast immer der Wareneinkauf. Im Business Plan ist daher dieser Bereich eines der zentralen Kapitel. Einkaufsplanung bedeutet:

- Planung der Bezugsquellen
- Planung der Bezugskonditionen
- Lieferantenauswahl
- Planung der Zulieferlogistik
- Kontrolle des Wareneingangs
- Planung der Flexibilisierung des Warenbezugs
- Planung der Lagerhaltung, insbesondere für verderbliche, technisch oder in anderer Hinsicht rasch veralternde Waren

Grundlage des Kapitels Einkauf in Ihrem Business Plan ist die Kenntnis aller für Sie relevanten Einkaufsquellen und deren Verfügbarkeit für Ihr Unternehmen. Das EU-Wettbewerbsrecht reagiert zwar auf marktbeherrschende Verweigerungen der Belieferung eher sensibel, dennoch müssen Sie davon ausgehen, daß Ihnen nicht alle Bezugsquellen zu den für Ihren Erfolg notwendigen Preisen, Lieferkonditionen und Zahlungskonditionen zur Verfügung stehen. Sie sollten daher zumindest mit den wichtigsten Lieferanten Kontakt aufgenommen haben und über Lieferzusagen verfügen, ehe Sie mit Ihrem Business Plan zur Bank oder zur Investmentfirma gehen. Insbesondere Firmen im elektronischen Bereich müssen bei bestimmten Bauteilen mit Versorgungsengpässen rechnen.

Stehen ausreichende Belieferungsmöglichkeiten zur Verfügung, sollten Sie im Business Plan Ihre Kriterien zur Lieferantenauswahl definieren – realistisch, nicht schönfärberisch. An oberster Stelle sollte zwar die Qualität der gelieferten Produkte stehen, das ist aber manchmal aus finanziellen Gründen nicht möglich. Wenn Sie zugeben müssen, daß Sie jene Lieferanten bevorzugen müssen, die nur gute, nicht ausgezeichnete Qualität liefern, weil deren Zahlungsziele länger sind, muß das nicht unbedingt ein schlechtes Zeugnis für die Qualität Ihres Business Plan sein – es sei denn, Ihr eigener Qualitätsanspruch wird dadurch unrealistisch.

Kriterien für die Lieferantenauswahl könnten sein:

- die Qualität der Produkte und Leistungen
- die rechtzeitige Verfügbarkeit
- die regelmäßige Belieferung
- für Sie günstiger Lieferrhythmus
- Lieferung frei Haus durch den Lieferanten
- günstige Abrufmengen bei Rahmenaufträgen
- günstige Preise
- günstiges Rabattsystem
- Gegengeschäfte
- Währungsvorteile
- stabile Preise
- günstige Zahlungskonditionen
- Stornomöglichkeiten bei geringerem Bedarf
- persönliche Kontakte

Ergänzen Sie diese Kriterien nach Ihren eigenen Bedürfnissen und setzen Sie Prioritäten und Entscheidungsgrenzen, beispielsweise: Um wieviel Prozentpunkte darf der Preis höher sein als jener der Konkurrenz, wenn der Lieferant dafür andere Vorteile bietet?

Müssen Sie mit schwankender Qualität rechnen, sollte Ihr Business Plan vorsehen, wie und wo Sie die Kontrolle des Wareneingangs organisieren wollen. Konkret: in Ihrem Unternehmen (wenn schon Frachtkosten entstanden sind) oder vor Warenabgang bei Ihrem Lieferanten.

Bei großer Marktmacht kann der Abnehmer seinem Lieferanten den genauen Zeitpunkt der Warenanlieferung diktieren („Just-In-Time“). Der Einkäufer eines PKW-Erzeugers erlangte (eher zweifelhafte) Berühmtheit, weil er seinen Zulieferern deutlich niedrigere Preise diktierte. In diesem Zusammenhang sei an das schon zitierte Wettbewerbsmodell von Porter erinnert. Wenn Sie weder in der Lage sind, Ihrem Lieferanten Preise zu diktieren, noch ihm den genauen Lieferzeitpunkt vorzuschreiben, und wenn Sie dazu noch in erheblichem Ausmaß von einer ordnungsgemäßen Lieferung abhängig sind und keine Chance zur Ersatzvornahme haben (d. h. bei schlechter Qualität Warenrücksendung und Kauf bei einem anderen Lieferanten, Mehrkosten zu Lasten des Erstlieferanten), muß Ihr Business Plan Lösungen zu den möglicherweise daraus resultierenden Folgeproblemen haben (unregelmäßiger Produktionsfluß, verspätete Auslieferungen, Qualitätsmängel bei Ihren Produkten). Schulen Sie sich aber selbst darin, in Lösungen zu denken, nicht in Problemen. Wer nur in Problemen denkt, neigt letztendlich zu Pessimismus, wenn nicht gar zu Verzweiflung – und das ist sicherlich keine geeignete Geisteshaltung für erfolgreiche Unternehmer.

3.8 Lagerplanung

Aufbauend auf der Einkaufsplanung ist die Lagerplanung auszuarbeiten, und zwar für alle zugekauften und produzierten Waren also für:

- Produktionsmaterial
- Zubehör
- Halbfertigerzeugnisse
- Fertigwaren
- Verpackungsmaterial
- Betriebsmittel
- Ersatzteile für Maschinen
- Büromaterial

A propos lagern: Auch die Lagerung von Akten (Kundenakten, Unterlagen zu gelieferten Produkten, bei denen noch Garantien laufen, Buchhaltungsunterlagen, etc.) und von Betriebsanleitungen für Produktionsmaschinen und Büromaschinen ist nicht zu vergessen. Dies alles fällt zwar im Grunde in den Verwaltungsbereich und ist für den externen Business Plan-Adressaten nicht von Bedeutung, Sie selbst sollten es aber nicht vergessen. Innerhalb kurzer Zeit werden Sie erkennen, wieviel Platz Akten beanspruchen und wie rasch Ihre räumlichen Reserven aufgebraucht sind.

Zu planen sind Raumbedarf, Lagermethoden zur Sicherung der Warenqualität, Lagerverwaltung, Warngrenzen für Lagerbestände, deren Nutzungsdatum sich dem Ablauf nähert, Lagerbuchhaltung und die für alle diese Funktionen geplanten technischen Hilfen. Im Zusammenhang mit der Lagerbuchhaltung sind die Bewertungsmethoden für das Lager festzulegen. Nach den handelsrechtlichen Vorschriften gilt dazu das strenge Niederstwertprinzip, d. h., zugekaufte Waren sind maximal zum Anschaffungswert oder zu einem niedrigeren Tageswert anzusetzen, Aufwertungen bei steigendem Tageswert sind verboten. Darüber hinaus gilt das sogenannte „imparitätische Realisationsprinzip", d. h., sich abzeichnende Verluste sind im Jahresabschluß (oder, beim internen Controlling während des Jahres, in der Erfolgsrechnung) zu berücksichtigen, noch nicht realisierte Gewinne dürfen nicht angesetzt werden. Kaufmännischen Vorsicht ist geboten.

Bei unterschiedlichen Einstandspreisen von Artikeln ist vorrangig die Methode des „gleitenden Durchschnittspreises" zu empfehlen, möglich wäre noch HIFO („Highest In, First Out", d. h., der höchste Einstandspreis kommt bei abgehenden Artikeln zuerst in die Berechnung), FIFO („First In, First Out"), LIFO („Last In, First Out") oder das sogenannte „Identitätspreisverfahren" (ausgehende Artikel werden mit den ihnen zuzuordnenden Einstandspreisen bewertet). Verfallen Sie nicht in übertriebenen Bewertungseifer, denn der Wert von nicht verkaufter Lagerware ist schlicht zweifelhaft – FISH für die Amerikaner „First In, Still Here" (bei uns Ladenhüter genannt). Lager bindet Kapital, gebundenes Kapital kostet Geld. Überdies heißt Lager Risiko. Ziel muß daher sein, so wenig Lager wie nötig zu horten, was wiederum im Zusammenhang mit den Bezugsquellen und der Belieferungsgeschwindigkeit zu sehen ist.

Die übliche Form der Lagerbewertung bei kleineren Unternehmen läuft einmal jährlich im Rahmen der Inventurbewertung ab. Erst dann wird der Wareneinsatz

(= die Materialkosten) für das Unternehmen festgestellt nach der Formel:

Anfangsbestand + Zukäufe – Endbestand = Wareneinsatz.

Wichtig sind im Rahmen des Business Plan:

- Mindestlagerbestände (in Ihrer Praxis pro Artikel, im Business Plan zumindest pro Artikelgruppe)
- durchschnittliche Lagerbestände
- Maximalbestände

Der Adressat des Business Plan wird häufig über branchenübliche Lagerumschlagsziffern verfügen und die Plausibilität Ihres Plans unter anderem durch einen Vergleich Ihres geplanten Lagerumschlags mit jenem Ihrer Branche überprüfen.

Lagerumschlag = Wareneinsatz/ durchschnittliches Lager

Wenn Ihr Lagerumschlag deutlich schlechter ist als jener Ihrer Branchenkollegen, bedeutet das, daß Sie eine wesentlich höhere Kapitalbindung im Lager verkraften müssen. Ist Ihr Lagerumschlag deutlich besser, sollten Sie zumindest in den Erläuterungen zur entsprechenden Business-Plan-Position darauf hinweisen, daß Sie sich dieses Faktors bewußt sind und Methoden gefunden haben, dieses Ziel zu erreichen (das „Wie“ sollten Sie dabei nur ansatzweise preisgeben).

3.9 Personalplanung

Viele Unternehmen brauchen bei der Gründung noch gar kein Personal. Auch wenn das für Sie zutrifft, sollten Sie in Ihrem Business Plan darauf eingehen, wie Sie im Verlauf des Unternehmenswachstums Rekrutierung, Schulung und Führung von Mitarbeitern planen. Wenn Sie Ihre Leistung zunächst allein oder mit Partnern und Familienangehörigen erbringen wollen, muß in der Leistungsplanung die Wertschöpfung so angesetzt werden, daß Sie diese durch persönliche Arbeitsleistung bei marktüblichen Preisen erreichen können. Zum Thema Personal gibt es für die meisten Branchen Kennzahlen, einerseits zum üblichen und möglichen Umsatz pro Beschäftigten, andererseits zur Wertschöpfung pro Beschäftigten. Der Adressat Ihres Business Plan geht davon aus, daß Sie diese Kennzahlen kennen – er selbst kennt sie auch. Sie können diese Zahlen über Branchenberater, Wirtschaftsvertretungen, Fachpublikationen oder Datenbanken erhalten.

3.9.1 Personalbedarfsplanung

Es gehört zu den eigenartigen Bewertungsmethoden mancher Gleichmacher, nur nach Anzahl zu zählen. Als Unternehmensgründer werden Sie nicht in diesen Fehler verfallen. Sie werden Ihren Personalbedarf vorrangig nach der erforderlichen Qualifikation planen.

Qualifikation allein ist aber nicht genug, zumal sie schwierig zu beurteilen ist. Jeder zweifelt zunächst an den Fähigkeiten anderer oder an den eigenen. Wer wenig Selbstbewußtsein hat, unterschätzt sich. Personalberater geben gerne vor, diesen Mangel auszugleichen, und gute Personalberater tun das tatsächlich. Was Sie jedenfalls in der Personalbedarfsplanung vorgeben müssen, ist die Art der erforderlichen Qualifikation. Dies geschieht am besten in einer Stellenbeschreibung (siehe oben).

Neben der qualitativen Personalplanung kommt dann die quantitative Personalplanung zum Tragen: Wie, d. h. in welchem Ausmaß, steht das entsprechend qualifizierte Personal zur Verfügung? Theoretisch 52 Wochen im Jahr, und zwar international. Damit ist aber auch schon Schluß mit der Internationalität. Jetzt müssen Sie rechnen. Setzen Sie bitte die in Ihrem Land und nach Ihrem Tarifvertrag gültigen Zahlen ein:

Faktor	Wochen	Arbeitsstunden pro Woche	verfügbare Arbeitszeit
Jahreswochen ***abzüglich:***	52		
gesetzliche Feiertage			
Mindesturlaub			
theoretisch mögliche Anwesenheitszeit			
durchschnittliche Krankheitsdauer			
sonstige bezahlte Abwesenheitszeiten (z. B. Pflegefreistellung in Österreich)			
Plan-Anwesenheitszeit			
Aus- und Fortbildungszeiten			
korrigierte Plan-Anwesenheitszeit			
Verteilzeiten			
Plan-Leistungszeit			

Wenn Sie auf mehr als etwa 40 bis 42 Wochen kommen, haben Sie sich selbst belogen – oder Sie verstoßen gegen das Gesetz, was wohl kaum zu erwarten ist. Sie verfügen also, zumindest in Deutschland und Österreich, pro Mitarbeiter (ohne Überstunden) über eine Kapazität von etwa 1500 bis 1600 Leistungsstunden (nicht Anwesenheitsstunden, wohlgemerkt) pro Jahr. Nachdem es immer weniger Betrieben gelingt, die Aufträge über das Jahr regelmäßig verteilt zu erhalten, gewinnt die Flexibilisierung der Arbeitszeit immer mehr an Bedeutung. Diese Flexibilisierung wird angesichts der Arbeitsmarktentwicklung in Europa auch von den Gewerkschaften unterstützt und ist damit kein Tabu mehr. In Ihrem Business Plan muß die Form der Flexibilisierung und die geplante Aufteilung der Jahresleistung klar dargestellt werden. Als Bracheninsider, der Sie sind, wissen Sie, wann bisher üblicherweise Überstunden zu bezahlen waren und wann die Unternehmer nicht wußten, wie sie ihre Mitarbeiter beschäftigen sollten.

Der Aspekt des flexiblen Zukaufs von Arbeitsleistung soll nicht unerwähnt bleiben, sei es in Form von Leiharbeitern, Mitarbeiterleistung über Werkverträge oder Fremdleistungen anderer Unternehmen. Derartige Leistungen sollten ausschließlich für die Abdeckung von zeitlich begrenztem Spitzenbedarf dienen und bedürfen einer besonderen Planung, Organisation und Überwachung. Falls Sie dies beabsichtigen, sollten Sie im Business Plan dazu Stellung nehmen.

3.9.2 Formen der Personalentlohnung

Motiviert gute Entlohnung tatsächlich? Ja und nein. Ist die Entlohnung

- gegenüber Kollegen im Betrieb oder
- gegenüber Kollegen im anderen Betrieb oder
- für die normale Lebensführung

zu niedrig, kann ein höherer Lohn auf Dauer motivieren oder, anders ausgedrückt, führt ein niedriger Lohn praktisch zur Demotivation. Falls aber das Entlohnungsgefüge eines Unternehmens dem Durchschnitt der Branche entspricht, wirkt die Motivation durch Lohnerhöhungen nur über einen Zeitraum von wenigen Monaten, dann wird der höhere Lohn als selbstverständlich empfunden.

Viele Betriebe versuchen, Ihre Mitarbeiter nach dem „Prinzip Mohrrübe“ zu ködern. Sie kennen vielleicht das Bild vom Esel, dem eine Stange mit einer Mohrrübe so aufgebunden wird, daß er immer dieser Rübe nachläuft. Der amerikanische Arbeitswissenschaftler Taylor formulierte das etwas vornehmer, indem er sagte, man solle einem Arbeiter einen Dollar mehr zahlen, schon würde er mehr tun. Von solchen Ansichten hat sich die Wissenschaft schon längst verabschiedet. Es gilt als gesichert, daß der Mensch ganz andere Antriebskräfte braucht als nur Geld – die betriebliche Praxis will es aber noch nicht ganz glauben. Nach wie vor wird versucht, dem Mitarbeiter mit Akkordlöhnen (Zeitakkord, Stückakkord), Prämienlöhnen oder sonstigen Anreizen die schlechten Arbeitsbedingungen und die eintönige Arbeit schmackhaft zu machen. Solche Entlohnungssysteme können nur dann ohne intensive Planung und Kontrolle funktionieren, wenn die Mitarbeiter auch ohne sie gerne arbeiten. Und wenn intensiv geplant, organisiert und kontrolliert wird, ist ein derartiges Entlohnungssystem nicht notwendig. Wie auch immer: Sollten Sie Leistungslohn für erforderlich halten, beachten Sie bitte folgende Kriterien:

- Möglichst kein Leistungslohn, solange das Unternehmen seine Mindestziele nicht erreicht hat, d. h. solange es noch Verluste schreibt.
- Leistungsvorgaben nicht am Beginn der Produktion neuer Waren festlegen; die Lernkurve ist dann noch

nicht wirksam, die Produktionszeit pro Produkt zu lang, mit der Folge, daß die Mitarbeiter spielend hohe Leistungsquoten erreichen und das Unternehmen in schwindelnder Schnelligkeit in die roten Zahlen kommt.

- Keine Akkordentlohnung bei Einzelfertigungen.
- Neue Entlohnungsmodelle im Einvernehmen mit den Mitarbeitern erst testen, ehe sie auf Dauer fixiert werden.

Grundsätzlich sollte im Falle der Leistungsentlohnung die Leistung so definiert werden, wie sie der Zielerfüllung für das Unternehmen dient, d. h. bei Produktionsarbeitern fertige, qualitativ gute Produkte in der geplanten (oder unterschrittenen) Zeit, bei Verkäufern Umsatz bzw. Deckungsbeitrag, beim Management Gewinn und Substanzerhöhung (durch Stärkung der strategischen Position auf dem Markt). Jeder Betroffene muß darüber informiert sein, welche Art von Leistung von ihm erwartet wird und welche Meßmethoden angewandt werden. Außerdem muß eine realistische Beeinflussung des Leistungsfaktors durch den Betroffenen möglich sein.

3.9.3 Personalkostenplanung

Zur Planung der Personalkosten gibt es sehr gute und einfache EDV-Programme, über die unter anderem im Normalfall Steuerberater verfügen. Sie können aber auch eine einfache Faustformel verwenden:

(Bruttoentlohnung x Anzahl der Entlohnungen pro Jahr) x [1 + (% Sozialversicherungsbeitrag des Dienstgebers, % sonstige lohnabhängige Steuern)] = Jahreskosten

Die Kosten pro Leistungsstunde ergeben sich dann aus folgender Formel:

Jahreskosten/Plan-Leistungsstunden p. a.

Um einen Ansatz für die übliche Entlohnung von Mitarbeitern mit bestimmter Qualifikation zu erhalten, können Sie branchenerfahrene Unternehmensberater, Steuerberater, Wirtschaftsvertretungen oder einschlägige Statistiken als Informationsquellen heranziehen.

3.9.4 Arbeitsplatzplanung

Die Planung eines Arbeitsplatzes besteht aus den Elementen:
- räumliche Gestaltung (Größe, Licht, Luft, Sonnenabschirmung, Lärmschutz)
- ergonomische Gestaltung (Arbeitsfläche, Sitzhöhe, Höhe der Tastatur, Abstand vom Bildschirm etc.)
- technische Ausstattung (technische Geräte, Energieversorgung)

Zur Arbeitsplatzgestaltung gibt es eine Vielzahl behördlicher Vorschriften, welche durch die Arbeitsinspektorate überprüft werden. In größeren Betrieben legen Arbeitnehmerschutzgesetze sogar fest, daß die Einhaltung der Vorschriften durch beauftragte Mitarbeiter oder hinzugezogene Ärzte sicherzustellen ist (Sicherheitsbeauftragte, Brandschutzbeauftragte, Betriebsärzte, bei kleineren Betrieben Sprechstunden des Arztes im Betrieb). Überdies müssen Sie berücksichtigen, daß ab einer bestimmten Zahl von Mitarbeitern ein Betriebsrat freizustellen ist, d. h. daß ohne verkaufbare Arbeitsleistung zusätzliche Kosten entstehen. Ein Verstoß gegen die im Arbeitnehmerbereich relativ intensiv kontrollierten Gesetze führt zu Strafen, üblicherweise Geldstrafen. Für den Scherz, im Business Plan ein Budget für Strafen wegen Verstoß gegen Arbeitsnehmerbestimmungen vorzusehen, könnten möglicherweise Adressaten des Plans wenig Verständnis haben. Verpacken Sie solche Positionen deshalb lieber unter „sonstige Kosten".

3.9.5 Aus- und Fortbildungsplanung

Wissen veraltet. Ihr Business Plan kann sich dadurch hervorheben, daß Sie sich schon in der Gründungsphase Gedanken über Aus- und Weiterbildung Ihrer Mitarbeiter machen. Für die Praxis dazu einige Anmerkungen:

- Bestimmte Aus- und Weiterbildungsprogramme, etwa Sprachenausbildung bei geplanter Internationalisierung des Betriebes, werden von der EU nicht unerheblich gefördert.
- Motivierte Mitarbeiter sind bereit, sich in ihrer Freizeit fortzubilden, und empfinden es als Entgegenkommen, wenn der Betrieb Seminarkosten übernimmt, ohne auch noch Überstundenzahlung und Fahrtkostenersatz zu verlangen.

- Weiterbildungskosten können im Fall einer Kündigung durch den Mitarbeiter teilweise rückgefordert werden, sofern dies vertraglich vereinbart ist.

3.9.6 Karriereplanung

Ein interessanter Gedanke, der in der Praxis bedauerlicherweise noch selten und hauptsächlich von Großbetrieben verfolgt wird, ist die Karriereplanung. Offensichtlich sind sich viele Unternehmen nicht darüber im klaren, was motivierte, ehrgeizige Mitarbeiter bewirken können. Manche Großbetriebe versuchen sich der Motivation ihrer Führungskräfte bei ausgegliederten Betrieben dadurch zu versichern, daß sie diese mit einem geringen Anteil am Unternehmen beteiligen.

Falls Sie Vorstellungen zur Karriereplanung Ihrer Mitarbeiter haben, sollten Sie diese im Business Plan nicht unerwähnt lassen – allerdings auch nicht die finanziellen Auswirkungen derartiger Überlegungen, sonst könnte der Adressat auf den Gedanken kommen, Ihr Budget sei nicht ausreichend durchdacht.

3.10 Qualitätssicherungssystem

Selbstverständlich ist es nur Zynismus, zu behaupten, die Qualitätszertifikate dienten bei manchen Betrieben nur zum Verdecken der Löcher in der brüchigen Mauer ihrer Qualität. Aber Spaß beiseite: Qualität ist ein Überlebensrezept für europäische Betriebe. „Wer nicht billiger ist, muß eben besser sein.“[16] Sichern Sie daher

Ihrem Qualitätskonzept einen würdigen Platz im Business Plan. Vermeiden Sie Schlagwörter, sagen Sie lieber eindeutig und wahrheitsgemäß, was Sie unter der Qualität Ihres Produktes und Ihrer Leistung verstehen und wie Sie diese sicherstellen werden. Die McKinsey-Autoren stellen folgende Thesen auf, welche sie im bereits zitierten Buch[17] auch durch Zahlen belegen und die wir hier zum Grundsatz erheben:

Grundsatz 9:
Qualität ist meßbar und lohnt sich.
Qualität führt überall zum Erfolg.
Qualität ist lernbar.

Gerade in einer Wirtschaftssituation, in welcher der Markt durch Billigangebote überschwemmt wird, werden qualitativ hochwertige Produkte und Leistungen ihren Markt erhalten oder wiederum ihren Markt finden. Wenn Produkte und Leistungen aber nur teurer sind, ohne besser zu sein, werden sie durch Billigprodukte ersetzt werden.

Bei der Realisierung eines Qualitätssicherungssystems helfen Ihnen unter anderem die ISO9000ff-Normen und darauf aufbauende Qualitätsnormen, Literatur zum Thema Qualität und „Total Quality Management“ und auf Qualitätssicherung spezialisierte Berater.

---

[16] McKinsey & Company, Inc., u. a.: Qualität gewinnt. Mit Hochleistungskultur und Kundennutzen an die Weltspitze. Stuttgart 1995, S. 1

[17] McKinsey & Company, a.a.O., S. 5ff.

Zweifellos verursacht die Sicherung der Qualität Kosten. Die McKinsey-Analyse[18] zeigt eine Struktur der Qualitätskosten im Vergleich von Qualitätsunternehmen und Unternehmen mit geringer Qualität:

	Qualitäts-unternehmen	**Unternehmen mit geringer Qualität**
Qualitätskosten gesamt in % des Umsatzes	3,4 %	5,1 %
davon:		
Fehlerverhütungskosten	25 %	13 %
Prüfkosten	45 %	34 %
Fehlerkosten	30 %	53 %

Eine weitere Statistik zeigt den Aspekt der Existenz von Qualitätszielen im Geschäftssystem bei den genannten Unternehmensgruppen[19]:

% der untersuchten Unternehmen, die in folgenden Bereichen Qualitätsziele haben	**Qualitäts-unternehmen**	**Unternehmen mit geringer Qualität**
Forschung & Entwicklung	78 %	34 %
Einkauf	93 %	65 %
Produktion	91 %	91 %
Qualitätssicherung	84 %	83 %
Logistik	90 %	68 %
Verkauf/Marketing	55 %	43 %
Service	71 %	36 %

[18] McKinsey & Company, a.a.O., S. 44
[19] McKinsey & Company, a.a.O., S. 45

Der Zusammenhang zwischen den Schwerpunkten der Qualitätssicherung und den daraus entstehenden Folgekosten für Qualitätsmängel ist leicht erkennbar. Übrigens: Das beste der untersuchten Unternehmen hatte Qualitätskosten von lediglich 0,8 % vom Umsatz.

Erfolgreiche Unternehmer denken voraus, beugen vor, verhindern Schäden, ehe sie eingetreten sind. Diese Grundhaltung sollte am Beginn jeder unternehmerischen Planung stehen. Wie die genannten Analysen belegen, kann Schaden dadurch zwar nicht ausgeschlossen, aber deutlich minimiert werden.

Der bisher dargestellte Teil des Business Plan hat sich mit Ihren betrieblichen Ressourcen beschäftigt, von Ihnen als Unternehmer selbst und Ihren Gesellschaftern bis zum Leistungsprogramm, zur Produktion/Dienstleistung und zur Qualitätssicherung. Den Aspekt der Verwaltung und des Rechnungswesens haben wir bewußt noch ausgespart. Wir wollen uns zunächst mit den nach außen gerichteten Aktivitäten befassen, mit Strategie und Marketing.

3.11 Strategiekonzept

Elemente der strategischen Planung sind die Umweltanalyse, die Unternehmensanalyse und die Planung von Strategien. Umwelt im strategischen Sinn heißt „relevante Umwelt“, d. h. jene Umwelt, aus welcher für das Unternehmen Chancen oder Bedrohungen kommen. Erfolg ist dann wahrscheinlich, wenn Chancen durch Stärken genutzt oder Bedrohungen durch Stärken abgewehrt werden können. Mißerfolg ist zu befürchten, wenn Chancen aufgrund von Schwächen nicht genutzt oder Bedrohungen nicht abgewehrt werden können.

3.11.1 Umwelt

Es gibt zahlreiche Umweltmodelle, von denen jenes von Dietrich Kropfberger[20] eines der umfassendsten ist. Er unterscheidet zwischen:

- Extra-Umwelt (scheinbar für das Unternehmen nicht relevant)
- Makro-Umwelt (Wirtschaft, Technologie, Politik/Recht, Gesellschaft/Kultur)
- Aufgabenumwelt (Lieferanten, Markt = Verbraucher, Käufer, Verwender; Zwischenglieder = Distributionsorgane; Konkurrenten, Lieferanten, Institutionen)
- unternehmensinterner Umwelt (Produkt/Person)

Das Unternehmen ist in der Umwelt verankert und hat die Aufgabe, seine Produkte und Leistungen so zu positionieren, daß es in jeder denkbaren Umweltentwicklung überleben und erfolgreich sein kann. Eine Methode zur Bewältigung dieses Problembereichs ist das sogenannte „Szenario". Ein Szenario ist „die Beschreibung einer möglichen zukünftigen Situation" und „das Aufzeigen des Entwicklungsverlaufs, der zu dieser zukünftigen Si-

---

[20] Kropfberger, Dietrich: Erfolgsmanagement statt Krisenmanagement. Strategisches Management in Mittelbetrieben. Linz 1986, S. 140

tuation hinführt".[21] Folgende acht Schritte sollten dabei durchlaufen werden[22]:

- Strukturierung und Definition des Untersuchungsfeldes
- Identifizierung und Strukturierung der wichtigsten Einflußbereiche auf das Untersuchungsfeld
- Ermittlung von Entwicklungstendenzen und kritischer Beschreibung der Umfelder
- Bildung und Auswahl alternativer, konsistenter (widerspruchsfreier) Annahmebündel
- Interpretation der ausgewählten Umfeldszenarien
- Einführung und Auswirkungsanalyse signifikanter Störereignisse
- Ausarbeitung der Szenarien bzw. Ableiten von Konsequenzen für das Untersuchungsfeld
- Konzipieren von Maßnahmen und Planungen

Kurzum: Überlegen Sie, wie sich Ihre Umwelt entwikkeln könnte, welche Trends, welche Entwicklungen im internationalen Geschehen für Sie Bedeutung haben könnten (Beispiele: EU-Erweiterung, Fall des Eisernen Vorhangs, Steuerpakete bzw. „Sparpakete" der europäischen Regierungen, Einführung der Europawährung etc. – jeweils mit erheblichen Auswirkungen auf die Wirtschaftsstruktur in Europa, nicht nur für Großbetriebe, sondern auch für Klein- und Mittelbetriebe). Einen

---

[21] Geschka, Horst/von Reibnitz, Ute: Die Szenario-Technik – ein Instrument der Zukunftsanalyse und der strategischen Planung. In: Töpfer, Armin/Afheldt, Heik (Hrsg.): Praxis der Strategischen Unternehmensplanung. Landsberg am Lech, 1987, S. 128

[22] Geschka/v. Reibnitz, a.a.O., S. 130

guten, auch für den wissenschaftlichen Laien leicht lesbaren Überblick über die Trends zur Umsetzung in Unternehmens- und Marketingkonzepten bietet Christian Hehenberger.[23] Er gruppiert nach:

- Trends im Kundenverhalten
- Gesellschaftstrends
- Ökologie-Trends
- Techno-Trends
- internationalen Trends und
- Marketingtrends (z. B. Trend zum Home-Delivery-Service, Trend zum interaktiven TV, Trend zum transparenten Kunden, Trend zur Kundenpflege, Trend zum schlanken Verkauf)

Im Business Plan sollten Sie zur Umwelt und zu den Umwelttrends jedenfalls folgende Fragen beantworten:

- Welche Trends erwarten Sie für Ihr Geschäft?
- Wie wollen Sie die Chancen aus diesen Trends nutzen?
- Welche Gefahren (Bedrohungen) erkennen Sie aus der Umwelt, und wie wollen Sie diese abwehren?

3.11.2 Unternehmensanalyse

Ihr Unternehmen ist erst im Planungsstadium – wie sollten Sie es dann analysieren? Doch hier ist nicht die herkömmliche Unternehmensanalyse gemeint, sondern die strategische Analyse, d. h. die strategischen Potentiale

[23] Hehenberger, Christian: Die Zukunft fest im Griff. Trends, die unser Leben und die Wirtschaft verändern. Wien 1995.

Ihres Unternehmens. Dazu gibt es mehrere Möglichkeiten, beispielsweise:

- die Entwicklung eines Portfolio
- die Entwicklung einer strategischen Bilanz
- die Analyse der eigenen Erfolgsfaktoren im Verhältnis zu jenen der Konkurrenten

3.11.2.1 Portfolio

Es gibt mehrere Portfolio-Modelle, die üblicherweise als 4-Felder-Matrix oder 9-Felder-Matrix angelegt sind. Die Achsenbezeichnungen beziehen sich senkrecht auf den Markt und waagrecht auf Ihre Marktposition in Relation zu den stärksten Konkurrenten (pro Strategischer Geschäftseinheit).

Beispielhaft dafür ist die nachstehende 9-Felder-Matrix mit den Achsen „Marktattraktivität" und „relativer Wettbewerbsvorteil".

9-Felder-Matrix

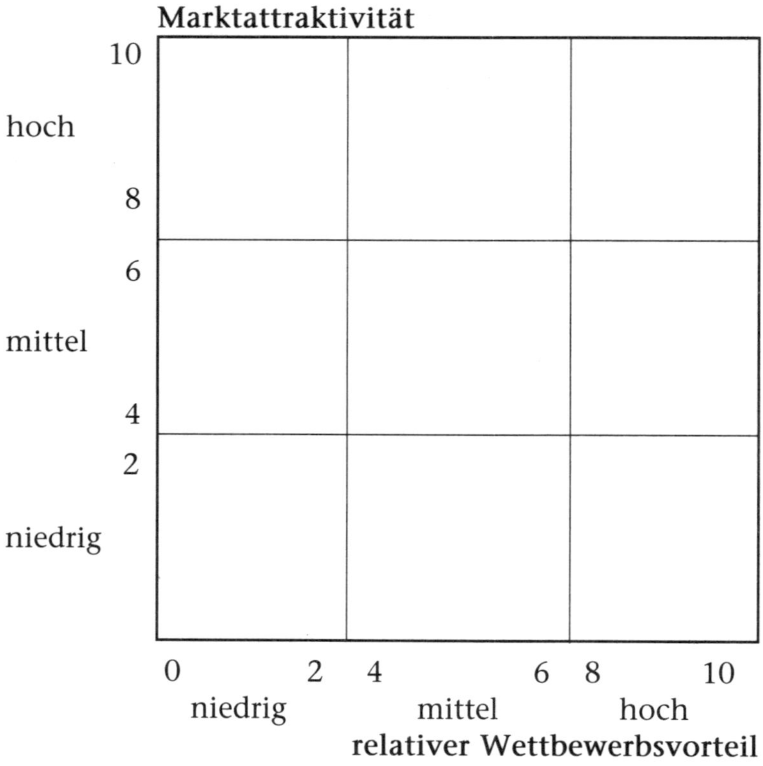

Die Beurteilung der durchwegs qualitativen Kriterien, welche einer weitgehend subjektiven Bewertung unterzogen werden, erfolgt anhand folgender Indikatoren[24]:

[24] Entnommen dem PC-Programm „Strategic Planner", mit freundlicher Genehmigung der Firmen Corporate Planner GmbH, Hamburg/Dr. Hofmeister & Partner GmbH, Salzburg

für die Marktattraktivität:

- Marktwachstum und Marktgröße
- Marktqualität (Rentabilität des Marktes, Marktzyklus, Spielraum für Preispolitik, technologisches Niveau, Investitionsintensität, Wettbewerbsintensität, Anzahl und Struktur der Abnehmer, Markteintrittsbarrieren, Serviceleistungen, Substitutionsmöglichkeiten, Innovationshäufigkeit)
- Ressourcenversorgung (Versorgungsschwierigkeiten, Einfluß der Faktorenpreise, Existenz alternativer Rohstoffe)
- Umfeldsituation (Konjunkturabhängigkeit, Abhängigkeit von der Gesetzgebung, Abhängigkeit von öffentlicher Meinung)

für den relativen Wettbewerbsvorteil:

- relative Marktposition (Marktanteil und Entwicklung, Finanzkraft des Unternehmens, Marketingpotential, langfristige Verträge, vertikale Integration, d. h. Verbindung zu vorgelagerten oder nachgelagerten Wertschöpfungsstufen)
- relatives Produktpotential (Existenz von Kostenvorteilen, Lieferbedingungen, Kundendienst, Personalkosten)
- relatives Forschungs- und Entwicklungspotential
- relative Personalqualität

Als Einsteiger werden Ihre relativen Wettbewerbsvorteile noch eher gering sein. Sie müssen daher im Business Plan begründen, durch welche Strategien Sie Ihre Wettbewerbsposition entwickeln wollen.

3.11.2.2 Strategische Bilanz

Die strategische Bilanz soll die Engpässe des Unternehmens erkennen helfen. Dazu gibt es mehrere Darstellungsformen, die als Bilanz im Sinn von Aktiva (positive Faktoren) und Passiva (negative Faktoren) aufgebaut sind. Das nachstehende Beispiel ist wiederum dem „Strategic Planner“ entnommen.

- SGE 1: Wohnmöbel

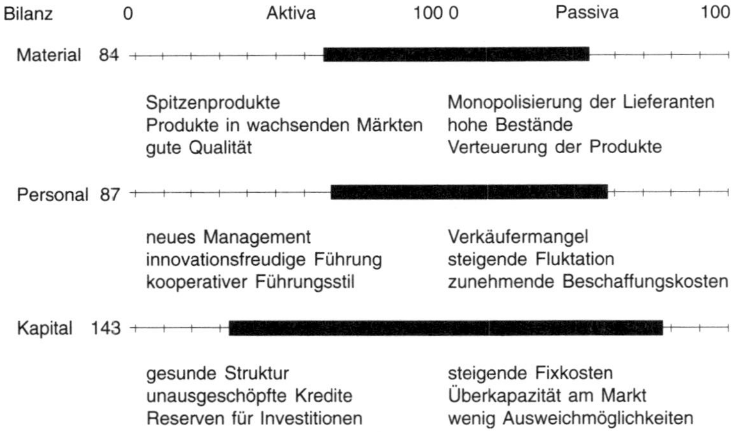

3.11.2.3 Erfolgsfaktoren

Erfolgsfaktoren sind jene Faktoren, die dafür sorgen, daß Sie und Ihr Leistungsprogramm sich auf dem Markt durchsetzen. Erfolgsfaktoren könnten beispielsweise sein:

- Ihr Innovationspotential, d. h. Ihre Kreativität bei neuen Problemlösungen
- das Design Ihrer Produkte
- die Anwendungsfreundlichkeit Ihrer Produkte

- Ihr gutes Vertriebssystem
- ein günstiges Preis-Leistungs-Verhältnis
- die rasche Verfügbarkeit Ihrer Produkte und Leistungen („Der Schnelle frißt den Langsamen, nicht der Große den Kleinen", lautet ein häufig kolpierter Slogan.)

Im Business Plan sollten Sie einerseits die wichtigsten Erfolgsfaktoren für Ihren Markt nennen, andererseits aber auch einen Vergleich zu den wichtigsten Mitbewerbern pro Erfolgsfaktor durchführen. Das setzt wiederum voraus, daß Sie Ihre Mitbewerber kennen – und diese Informationen erhalten Sie nur auf Ihrem zukünftigen Markt.

3.11.3 Strategische Ziele

Aufbauend auf Umweltanalyse und Unternehmensanalye, werden die strategischen Ziele des Unternehmens formuliert. Solche Ziele können beispielsweise sein:
- Wachstum
- Erringen eines bestimmten Marktanteils
- Ertrag
- Bekanntheit

Als Neuankömmling auf dem Markt sind Wachstumsziele für Sie eine unabdingbare Voraussetzung, Sie müssen allerdings zumindest für eine ersten Phase definieren, in welchem Ausmaß Ihr Unternehmen wachsen soll, denn: Wachstum bedeutet Kapitalbedarf. Die Formulierung der Ertragsziele erfolgt:
- in absoluten Zahlen (Gewinn in TDM, Euro ...)

- in relativen Zahlen (gemessen am Kapitaleinsatz und am Umsatz)

Im Abschnitt operative Planung (siehe unten) wird einer der wichtigen Berechnungsansätze die Break-even-Rechnung sein, d. h. die Berechnung, welche Mindestziele Sie erreichen müssen, um kostendeckend zu arbeiten („Break-even-Ziele").

3.11.4 Strategien

Strategien bestimmen Art und Umfang des Ressourceneinsatzes zum Erreichen der strategischen Ziele. Häufig werden Ziele mit Strategien verwechselt. Wachstum etwa kann nur ein Ziel sein. Strategie heißt: Weg und Mitteleinsatz zum Ziel. Eine Strukturierung der Strategien kann nach unterschiedlichen Kriterien erfolgen, beispielsweise kostenorientierte und markt- bzw. kundenorientierte Strategien.

Das bedeutet nun nicht, daß Sie ausschließlich eine dieser strategischen Optionen wählen sollten, sondern lediglich Schwerpunkte im einen oder anderen Bereich.

Im nachfolgenden Beispiel bedeutet:
+++ starke Ressourcenzuweisung
- - - völlige Vernachlässigung

Handlungsoption	kostenorientierte Strategien	kundenorientierte Strategien
Wertanalyse bei jedem Produkt	+++	-
straffe Produktionsplanung	+++	+
Restructuring	+++	-
Optimierungsrechnungen	+++	++
Zero-Base-Budgeting	+++	+
Public Relations	-	++
Kundenanalysen	++	+++
Vertriebsoptimierung	++	+++
permanente Serviceverbesserung	-	+++
Werbeaktivitäten	-	+++

Ein anderer Ansatz für die Strategienausarbeitung wäre eine Strukturierung nach marktorientierten und wettbewerbsorientierten Strategien[25]:

marktorientierte Strategieansätze	wettbewerborientierte Strategieansätze
Produkt- und Sortimentsstrategien	Zusammenarbeitsstrategien (strategische Allianzen)
Preis- und Konditionenstrategien	Angriffsstrategien
Vertriebsformstrategien	Verteidigungsstrategien
Kommunikationsstrategien	strategischer Rückzug
Strategien nach dem Verkauf/ Servicestrategien	

[25] Siehe dazu auch: Durö, Robert/Sandström, Björn: Marketing-Kampfstrategien. Landsberg am Lech, 1985

Als strategische Grundregeln formulieren Robert Durö/ Björn Sandström[26] (Anmerkungen vom Autor):

- ein Ziel setzen und daran festhalten
- eine gute Einstellung mitbringen (Sie müssen an Ihr eigenes Konzept glauben und, nach Abwägung aller Umstände, von seiner Realisierbarkeit zutiefst überzeugt sein)
- offensiv handeln (Peters und Waterman nannten in ihrem Buch „Auf der Suche nach Spitzenleistungen" das „Primat des Handelns" als einen der wichtigsten Erfolgsfaktoren)
- den Augenblick der Überraschung suchen (d. h., handeln Sie so, wie es keiner erwartet; ein erfolgreicher Textilproduzent erhöhte beispielsweise erfolgreich die Preise seiner stark nachgefragten Kollektion, als alle anderen Anbieter dem Preisdruck nachgaben und die Preise senkten)
- die Kräfte mobilisieren
- die Sicherheit der eigenen Streitkräfte wahren (d. h., setzen Sie nicht die Sicherheit Ihrer Mitarbeiter aufs Spiel, indem Sie Gewalttouren mit dem Auto bei dichtem Verkehr verlangen oder indem Sie diese in Länder schicken, wo ihr Leben bedroht ist)
- die Streitmacht wirtschaftlich nutzen (d. h., vergeuden Sie nicht Ihre Ressourcen für unwesentliche Aufgaben, seien es Ausarbeitungen in unterschiedlichsten Formen und Darstellungen oder, besonders überflüssig, die Suche nach Schuldigen nach eingetretenen Fehlern)

---

[26] Durö/Sandström, a.a.O., S. 27ff.

- Koordination anstreben (d. h., alle Aktivitäten müssen aufeinander abgestimmt sein; beispielsweise muß die Werbeabteilung wissen, wann ein Produkt ausgeliefert werden kann.)
- Anpassungsfähigkeit anstreben
- Einfachheit anstreben: Was nützt die beste Strategie, wenn nur wenige Ihrer Mitarbeiter Sie verstehen?

Aus dem Portfolio ergeben sich für jede SGE sogenannte „Normstrategien“, d. h. Empfehlungen zu strategischem Handeln:

- Ist die Marktattraktivität hoch und Ihr relativer Marktanteil gering („Nachwuchsposition): INVESTIEREN, WACHSEN
- Ist die Marktattraktivität und Ihr relativer Marktanteil hoch („Starposition“): VORSICHTIG INVESTIEREN, HALTEN
- Ist die Marktattraktivität gering/sinkend und Ihr relativer Marktanteil hoch („Milchkuhposition“): NICHT MEHR INVESTIEREN, ABSCHÖPFEN
- Ist die Marktattraktivität und Ihr relativer Marktanteil niedrig („Müder Hund-Position“): AUSSTEIGEN, INVESTITIONEN EINSTELLEN, RÜCKZUGSSTRATEGIEN bzw., für Sie als Newcomer: ÜBERHAUPT NICHT MEHR EINSTEIGEN

3.11.5 Ihr Strategiekonzept

Nach diesem Überblick sollten Sie in der Lage sein, in durchaus brauchbarer Form:

- Ihre Umwelt zu analysieren

- die strategische Position Ihres Unternehmens zu analysieren
- die strategischen Ziele zu formulieren
- die wesentlichen Strategieansätze auszuarbeiten

Das sollten Sie schon tun, ehe wir zum finanziellen Teil Ihres Business Plan kommen, denn wir müssen die Folgekosten der Ergebnisse Ihrer strategischen Planung in die Budgetierung einbauen. Ihr Budget braucht Tiefgang, um für den Adressaten, aber vor allem für Sie selbst praktische Bedeutung zu gewinnen. Zahlenspiele allein sind zu wenig.

- Gefährden Sie Ihr Konzept nicht durch oberflächliche Analysen.
- Erste Ergebnisse sind nichts als Konkretisierungen der Fragestellungen, die Sie auf dem Markt noch überprüfen müssen.
- Die wahre Marktstärke Ihrer Mitarbeiter kennt nur Ihr potentieller Kunde.
- Glauben Sie nicht oberflächlichen Verallgemeinerungen.
- Keine Schönwetterstrategien. Ihr strategisches Konzept muß auch starken Gegenwind und Gewitter überstehen.
- Glauben Sie bei widersprüchlichen Informationen weder der für Sie günstigen noch der für Sie ungünstigen, ohne sie geprüft zu haben.

3.12 Marketingkonzept

3.12.1 Grundlagen des Marketing

Marketing ist eine grundsätzliche Denkhaltung, entstanden in einer Marktsituation, die durch zu viele Anbieter und zu wenig Käufer gekennzeichnet ist. Viele Anbieter konkurrieren um den Kunden und suchen Wege, ihrem Mitbewerber in der Gunst des Käufers zuvorzukommen. Dies soll im wesentlichen dadurch erreicht werden, daß nicht, wie in den paradiesischen Zeiten des Ur-Kapitalismus, der Produzent oder Dienstleister seine Waren und Leistungen nur zu verteilen braucht und gute Gewinne erzielt, sondern daß er sich bemüht, Produkte und Leistungen nach den Kundenbedürfnissen zu entwickeln. Prahalad und Hamel gehen noch weiter, indem sie dem Unternehmer folgende Fragestellung für die Zukunft („in 5 bis 10 Jahren") empfehlen[27]:

- Welche Kunden werden Sie bedienen?
- Über welche Kanäle werden Sie die Kunden in der Zukunft erreichen?
- Wer werden Ihre Konkurrenten sein?
- Was wird die Grundlage für Ihren Wettbewerbsvorteil sein?
- Worauf werden Ihre Gewinnspannen beruhen?
- Durch welche Fertigkeiten oder Fähigkeiten werden Sie sich abheben?

Um Sie nicht nur mit Fragen zu verwirren, wollen wir kurz die Elemente Ihres Marketingkonzeptes besprechen.

---

[27] Hamel/Prahalad: a.a.O., S. 42

Marketing heißt, Kundenbedürfnisse richtig und rechtzeitig zu erkennen und Produkte und Leistungen zur Bedürfnisbefriedigung anzubieten. Um Kundenbedürfnisse zu kennen, muß man zunächst wissen, wer der Kunde ist. Welche Kunden wollen Sie bedienen, d. h., welche Zielgruppe wollen Sie ansprechen? Nicht wenige Jungunternehmer empfinden Marketing als überflüssig. Einer brachte es einmal auf den Punkt: „Wozu Marketing? Im Dorf kennt mich ohnehin jeder!" Vielleicht hat dieser forsche Unternehmer tatsächlich kein Marketing gebraucht, weil er verkörpertes Marketing war: aktiv in der Gemeinde, in seinem Markt voll integriert, von seinen Kunden als einfallsreicher Handwerker und wegen seiner Qualität geschätzt, kommunikativ, selbstbewußt. Was könnte gelebtes Marketing noch mehr bedeuten? Unser *Miesmacher* hätte dazu sicher seine Einfälle. Er würde vielleicht süffisant sagen: So, wie du angibst, lieber Freund, kannst du gar nicht beliebt sein. Dir fehlt das Minimum an Selbstkritik, das dich offen macht für die Fehler, die deinen Betrieb ruinieren werden. Wie wichtig ist schon dein Dorf? So langsam kannst du gar nicht arbeiten, daß der Markt für dein Leben genug Arbeit hergibt. Und dann bist du dran – denn andere Dörfer kennst du nicht.

- Berücksichtigen Sie bei der Definition Ihrer Zielgruppe(n) das Marktpotential, d. h. den möglichen (theoretischen) Bedarf Ihrer Waren und Dienstleistungen.

- Versuchen Sie, Informationen über das Marktvolumen bei Ihren Zielgruppen zu erhalten. Das Marktvolumen ist jener Wert, der bei Waren und Dienstleistungen (pro Jahr) tatsächlich umgesetzt wird. Er wird bestimmt durch Bedarf und Kaufkraft.
- Schätzen Sie die Entwicklung des Marktvolumens. Sinkt das Marktvolumen, können Sie Marktanteile nur zu Lasten eines Konkurrenten bekommen.
- Erkunden Sie, ob Ihre potentiellen Kunden mit der Leistung Ihrer Konkurrenten zufrieden sind oder ob sie nur auf einen neuen Anbieter warten. Sollte dies der Fall sein, finden Sie heraus, durch welches Verhalten oder aufgrund welcher sonstigen Faktoren Ihr Konkurrent Marktanteile verliert.
- Zuletzt noch eine Warnung: Manche Abnehmer suchen nur deshalb verzweifelt nach neuen Lieferanten, weil der bisherige Lieferant aufgrund unterlassener Zahlungen oder ungerechtfertigt bestrittener Leistungen nicht mehr liefert.

Der Adressat Ihres Business Plan wird Sie fragen, was Sie über Ihre Kunden und deren Bonität (Zahlungsfähigkeit) wissen. Sie sollten über Ihre wichtigsten Kunden zumindest durch Auskunfteien oder Banken informiert sein, nicht nur über PR-Artikel in Zeitungen und Zeitschriften.

3.12.2 Marketingstrategien

Marketingstrategien sind die Methoden zur Realisierung Ihrer Vermarktungsziele. Nach einer gängigen Gliederung gibt es fünf Schwerpunkte:

- Produkt- und Sortimentspolitik (Leistungsprogramm)
- Preis- und Konditionenpolitik (Kontrahierungspolitik)
- Vertriebspolitik (Distributionspolitik)
- Kommunikationspolitik (Werbung, Verkaufsförderung, Public Relations)
- After-Sales-Politik (Servicepolitik nach dem Verkauf)

3.12.2.1 Produkt- und Sortimentspolitik

Manche Verkäufer wollen möglichst viel anbieten können und meinen: Irgend etwas wird der Kunde dann schon kaufen. Ein zu großes Sortiment heißt aber:

- Kapitalbindung im Lager
- höheres Risiko, auf Waren sitzenzubleiben
- Auswahlprobleme der Kunden

Vielfach geht es dem Kunden dann wie im Märchen dem Bauern in der Edelsteingrotte: Er ist verwirrt, findet immer wieder einen noch schöneren Stein – und verläßt am Ende die Grotte (Ihr Geschäft), ohne etwas mitzunehmen. Das Optimum zwischen „zu viel" und „zu wenig" zu finden ist schwierig. Sie können aber durch ein gut aufgebautes Informationssystem rasch erkennen, welche Fehler Sie gemacht haben. Und Lernen aus den Fehlern ist zwar teuer, aber immer noch besser, als die gleichen Fehler immer wieder zu begehen.
Das Rechnungswesen kann Ihnen vorweg Richtwerte geben, indem es Sie darüber informiert, wie groß der Lagerwert bei Ihrer Unternehmensgröße aufgrund des branchenüblichen Lagerumschlags und aufgrund der finanziellen Möglichkeiten sein darf. In weiterer Folge können Artikelanalysen (Datenbasis: Fakturierung, Auftrags-

bearbeitung) rasch darüber Auskunft geben, welche Produkte in welcher Menge, welchem Umsatz, welchem Deckungsbeitrag, von wie vielen Kunden und mit welcher Regelmäßigkeit nachgefragt werden, so daß Sie Ihre Sortimentsgestaltung nach und nach verbessern können.

Von einer erfolgreichen Textilagentur habe ich vor kurzer Zeit folgende Variante der Sortimentsgestaltung gehört: „Wir gestalten die Kollektion gemeinsam mit dem Kunden. Er sagt, wie viele Teile er vorgelegt haben möchte, welche Art von Design er benötigt, und wir nehmen seine Gestaltungsanregungen an." Von einem erfolglosen Büroartikelhändler mit einem alle Grenzen (finanziell, räumlich, ertragsmäßig) sprengenden Großlager dagegen kam die Äußerung: „Ich brauche das alles." Und das bei einem Lagerumschlag von weniger als einmal im Jahr.

Grundsatz 10: *Gestalten Sie Ihr Sortiment gemeinsam mit dem Kunden. Beginnen Sie eher mit weniger und erweitern Sie vorsichtig. Überlasten Sie den Kunden nicht durch zu umfangreiche Präsentationen. Weniger ist mehr.*

3.12.2.2 Preis- und Konditionenpolitik (Kontrahierungspolitik)

Im Überbegriff „Preis- und Konditionenpolitik" sind alle gestalterischen Elemente des Wertaustauschs Waren/Leistungen gegen Bezahlung enthalten, nicht nur der Preis im engeren Sinn. Unterbegriffe sind etwa:

- Rabattpolitik (Naturalrabatte, Bonifikationen, sonstige Rabatte)

- Skontopolitik (als Anreiz für frühzeitige Zahlungen)
- Lieferpolitik (frei Haus, cif, fob etc.), d. h. auch Risikoübergang auf den Kunden und Zahlung von Zulieferspesen und Versicherungen
- Auslieferungspolitik (werden auch Kleinstmengen produziert und geliefert?)
- Vertragsgestaltung (Eigentumsvorbehalte, Garantien etc.)

Zwar träumen noch immer viele Unternehmer, Sie könnten „kalkulierte Preise“ erzielen, d. h. Preise, die die Kosten des nur allzu häufig unwirtschaftlich arbeitenden Betriebes voll decken. Der Markt reagiert darauf aber zunehmend mit Abnahmeverweigerung.

Grundsatz 11: ***Der Markt bestimmt den Preis.***

Kropfberger schreibt dazu[28]: „Der Wert eines Produktes wird durch seinen Kundennutzen bestimmt. Dem entsprechen die *Konzepte des Lean Managements und der Zielkostenrechnung.*“ (Hervorhebung durch den Autor.) Zielkostenrechnung heißt: Das Unternehmen muß seine Kostenstruktur so gestalten, daß ein marktgerechter Kostensatz erreicht wird, nicht umgekehrt. Der Kunde zahlt nicht mehr, als er aufgrund der Marktsituation zahlen muß.

---

[28] Kropfberger, Dietrich: Das Managementsystem als kritischer Erfolgsfaktor in der Unternehmensentwicklung – ein kontingenztheoretischer Ansatz. Unveröffentlichtes Manuskript, Klagenfurt 1996

Ihr Business Plan muß zu diesem Faktor Stellung nehmen. Als Marktneuling werden Sie häufig gezwungen sein, billiger anzubieten als Ihre etablierten Konkurrenten. Stellen Sie die Methoden Ihrer Kostenrechnung dar – im Sinne einer Zielkostenrechnung, ausgehend von marktgerechten Preisen und Konditionen.

Welche Kontrahierungspolitik in Ihrer Branche üblich ist, müssen Sie als Insider wissen. Sie sollten aber auch wissen, daß kein Tabu auf Dauer gilt. Mehr dazu im Kapitel Kalkulation, Seite 170.

3.12.2.3 Vertriebspolitik (Distributionspolitik)

Wie soll Ihr Produkt/Ihre Leistung vertrieben werden? Wer soll das tun? Wollen Sie den Weg der Direktvermarktung gehen, d. h. direkt an Ihren Kunden herantreten:

- als Unternehmer selbst?
- über angestellte Verkäufer?
- über selbständige Handelsvertreter?

Oder sehen Sie bessere Möglichkeiten in der indirekten Vermarktung:

- über Großhändler?
- über sonstige Wiederverkäufer?

Ihre Entscheidung sollte durch die Kaufgewohnheiten Ihrer Kunden untermauert werden: Wie, wann und wo beziehen diese üblicherweise Waren und Dienstleistungen, welche Sie anbieten? Unübliche Vertriebswege sind meist überproportional teuer, können aber durchaus erfolgreich sein.

3.12.2.4 Kommunikationspolitik (Werbung, Verkaufsförderung, Public Relations)

Wird von Marketing gesprochen, denken die meisten an diesen Bereich, vor allem an die Werbung. Henry Ford wird der Ausspruch nachgesagt: „Ich weiß, daß ich 50 % meines Werbeetats zum Fenster hinauswerfe, aber ich weiß nicht, welche 50 %." Der Werbewirkungsforscher Werner Kroeber-Riel hat festgestellt, daß mehr als 90 % aller Werbeimpulse, die täglich auf uns einströmen, überhaupt nicht wahrgenommen werden. Es wird demnach viel Geld für Werbebotschaften aufgewendet, die den Adressaten überhaupt nicht erreichen. Andererseits argumentiert die Werbewirtschaft völlig richtig damit, daß Werbung zwar teuer sei, keine Werbung aber noch teurer (weil dann der Umsatz fehlt). Eine allgemeingültige Empfehlung zur Kommunikationspolitik ist sicherlich nicht möglich, wir wollen aber zumindest einige Anregungen dazu vermitteln. In Anlehnung an Kroeber-Riel gliedern wir den Kommunikationsmix zunächst nach den Empfängern der Werbebotschaft[29]:

- Einzelne Personen oder kleine Gruppen: persönlicher Verkauf (hauptsächliche Wirkung: unmittelbarer Verkaufserfolg)
- Massenpublikum: Werbung (hauptsächliche Wirkung: Meinungsbildung, Überzeugung und Information)
- spezielle Zielgruppen, insbesondere im Handel: Verkaufsförderung („sales promotion") (hauptsächliche Wirkung: Aktivierung zum Handeln, Mitwirkung an der Absatzpolitik, Imagebildung)

---

[29] Kroeber-Riel, Werner: Konsumentenverhalten. 2. Auflage, München 1980, S. 474

Welche Kommunikationsstrategie Sie wählen, hängt vorrangig von vier Faktoren ab:

- von der Größe Ihrer Zielgruppe (je größer sie ist, desto weiter gestreut müssen die Werbebotschaften sein, im Extremfall im Fernsehen)
- von der Art Ihres Vertriebs
- von der Art Ihrer Produkte und Leistungen
- von Ihrem verfügbaren Budget

Sofern es möglich ist, sollten Sie unmittelbaren Kontakt zu Ihren Kunden suchen, und zwar in einer Form, die diese als angemessen empfinden. Im Idealfall wird Ihr Kunde Sie aufsuchen, und zwar dort, wo er mit Ihrem Angebot rechnen kann – etwa auf Fachmessen oder im Internet durch Aufruf Ihrer Homepage. Angemessen, wenn auch bereits mit starken Streuverlusten belastet, ist die Direktwerbung über Briefe und Prospektzusendung. Fragen Sie sich immer: Wie gehen Sie selbst mit Werbeaussendungen um? Welche lesen Sie, und welche landen gleich im Papierkorb? Unbeliebt, bei Konsumenten verboten, aber nach Publikationen in der Fachpresse durchaus erfolgversprechend ist die Telefonwerbung.

Grundsätzlich sollte Ihre Werbung an folgenden Zielen orientiert sein:

- Aufmerksamkeit erregen („attention“)
- Interesse wecken („interest“)
- Bedürfnisse ansprechen („desire“)
- Kaufimpulse auslösen („action“)

Nach den in Klammer gesetzten englischen Begriffen werden diese Grundsätze auch AIDA-Formel genannt.

Ihr Business Plan muß in Fragen der Kommunikationspolitik zumindest folgende Fragen beantworten:

- Welche Aktivitäten planen Sie im Bereich der Kommunikation für welche Zielgruppen (Kundenbesuche, Ausstellung auf Messen, Direktwerbung, Werbung in Fachpublikation, Rundfunkwerbung etc.)?
- Welche Werbemittel wollen Sie dafür einsetzen (Prospekte, Streumittel wie Werbekleber etc., Zeitungsbeilagen, Rundfunkspots, Videos usw.)?
- Welchen zeitlichen und räumlichen Streuplan haben Sie?
- Nach welchen Kriterien und in welcher Höhe bestimmen Sie Ihr Kommunikationsbudget?

3.12.2.5 After-Sales-Politik (Servicepolitik nach dem Verkauf)

Immer wieder suchen Unternehmen mit viel Werbeaufwand nach neuen Kunden und vernachlässigen darüber den bereits bestehenden Kundenkreis. Bedenken Sie: Ihr Marketingerfolg beginnt mit dem abgeschlossenen Verkauf. Ist Ihr Kunde zufrieden und wird er auch von Ihnen betreut, kommt er immer wieder, oder, falls Ihr Produkt bzw. Ihre Leistung nur einmal verkauft werden kann, wirbt er für Sie bei seinen Bekannten. Fühlt er sich schlecht bedient, in seinen Bedürfnissen mißachtet oder vernachlässigt, wird er auch das herumerzählen und Ihnen damit schaden.

Ob die Versicherung eine Deckungszusage verweigert oder der Tischler keine Zeit für einen Auftrag hat: Sie haben sich bestimmt schon über Unternehmen geärgert – und diesen Ärger weitererzählt. Bedenken Sie also:

Nichts ist teurer als ein unzufriedener Kunde. Kämpfen Sie um die Zufriedenheit jedes Kunden, auch wenn Sie ihn vielleicht für einen Querulanten halten. Streben Sie danach, indem Sie dem Kunden zeigen, daß er Ihnen auch nach der Unterschrift auf dem Kaufvertrag noch wichtig ist. Erfolgreiche Verkäufer wissen, daß jeder Kunde ein potentieller Sub-Verkäufer für sie werden kann.

3.12.3 Marketingmix

Die Verschmelzung aller genannten Marketingstrategien zu einem Strategiebündel heißt Marketingmix. Je besser die Strategien aufeinander abgestimmt sind, desto kraftvoller wird die Wirkung auf dem Markt sein – und desto geringer die Marketingkosten in Relation zum Umsatz. Unterstützt wird dies durch ein einheitliches Erscheinungsbild, wo immer Sie, Ihre Mitarbeiter oder Ihr Unternehmen in Erscheinung treten. Man nennt dieses einheitliche Erscheinungsbild die „Corporate Identity".

Die „Corporate-Identity"-Philosophie ist besonders ausgeprägt bei Franchiseunternehmen. Beim Franchising[30] überläßt der Systemgeber Schutzrechte, ein Beschaffungs-, Absatz- und Organisationskonzept u. a. m. Die Franchisenehmer sind rechtlich selbständige Unternehmen, die aber auf dem Markt einheitlich auftreten (durch Name, Marke, Zeichen, einheitliches Erscheinungsbild, gemeinsame Strategie und systemkonformes Verhalten). Vorteile dieses Systems sind im Falle eines

---

[30] Siehe u. a.: Boehm, Hubertus: Franchising. In: Lexikon der Modernen Wirtschaftspraxis. Weinheim 1984, 3. Band, S. 726ff.

etablierten Franchisegebers vor allem Marktbekanntheit und Unterstützung beim Unternehmensaufbau. Wenn Ihre Geschäftsidee aus dem Franchisebereich stammt, sollten Sie aber auch die Warnung von Experten nicht überhören[31] und sich folgende Fragen stellen:

- Wie lange existiert das System?
- Gibt es Pilotläden?
- Anzahl der Franchisenehmer in Deutschland und Österreich?
- Bekommen Sie eine Liste der Partner?
- Worin liegt der Konkurrenzvorteil?
- Ist ein dauerhafter Erfolg zu erwarten?
- Verstehen Sie etwas von der Branche?
- Wie sind Marketing und Bekanntheit?
- Ist die Systemzentrale kompetent besetzt oder wird nur ein „Management by Handy" geboten?
- Bringt das Franchisehandbuch viel Know-how?
- Ist der Franchisegeber ein fairer Partner oder ein „Knebler"?

Franchising ist zur Modeerscheinung geworden, und es tummeln sich auf diesem Feld auch viele dunkle Existenzen, die mit wenig Aufwand Geld machen wollen. Vorsicht ist daher geboten.

Doch zurück zum Marketingmix. Stellen Sie in Ihrem Business Plan dar, welche Marketingstrategien Sie anwenden wollen, und ergänzen Sie diese Darstellung durch eine Wirkungsmatrix. Sie kennen die Form der

---

[31] Expansion durch Franchising. Interview mit Köhler und Karas, CA Wien. In: New Business, Franchise Spezial. Nr. 2 Mai 1996, Guntramsdorf, S. 13

Matrix bereits (siehe Portfolio, Seite 126). Tragen Sie auf jeder Achse die Marketingstrategien ein, und beurteilen Sie, ob eine Strategie sich zur jeweils anderen positiv (d. h. verstärkend) verhält, neutral (d. h. ohne Einfluß) oder negativ (d. h. die Wirkung der anderen Strategie vermindernd oder durch diese in der Wirkung vermindernd). Je höher die Verstärkungseffekte zu beurteilen sind, desto besser ist Ihr Marketingmix.

3.13 Konzept zum Rechnungswesen und zum Controlling

Das vorletzte Element des Business Plan, nach den visionären Höhenflügen der Strategie und des Marketingkonzepts, aber noch vor dem (nüchtern dargestellten und realistischen) Zahlenteil (Budget, Kapitalbedarfsrechnung, Finanzplanung, Kalkulation), ist das Konzept zum Rechnungswesen, zum Controlling und zur Risikovorsorge. Nach wie vor unterschätzen viele Unternehmer die Funktion des Rechnungswesens als Instrument der Unternehmenssteuerung. Das Rechnungswesen ist gewissermaßen die „strategische Karte" Ihres Unternehmens, aus der Sie die Entwicklung ablesen können.

Die Problemstellung für diesen Bereich kann folgendermaßen formuliert werden:

- Welches System der Buchhaltung wählen Sie?
- Wer erledigt die Buchhaltung?
- Buchen Sie Belege gleichzeitig auf Aufwand und Kostenart/Kostenstelle?
- Welches Controlling-System setzen Sie ein?

- Wer erarbeitet Ihre Controlling-Zahlen?
- Wer überprüft die Richtigkeit Ihrer Kalkulationen?
- In welcher Form gestalten Sie Ihre Finanzverwaltung und Ihren Bankenkontakt?
- Wer plant die Liquiditätsentwicklung?
- Wer berechnet Ihre monatliche Umsatzsteuerverpflichtung und sonstige laufende Steuern und Abgaben?
- Wer kümmert sich um die richtige Gestaltung der Basis für Ertragssteuern (Ziel: Ertragssteuerminimierung, selbstverständlich im gesetzlichen Rahmen)?
- Wer sorgt für die richtige Risikovorsorge durch Abschluß geeigneter Versicherungen?

Beim Buchhaltungssystem haben Sie nur als Kleinstunternehmer oder Freiberufler eine Wahlmöglichkeit: Sie können sich entscheiden zwischen einer sogenannten Einnahmen-Ausgaben-Rechnung und der doppelten Buchhaltung. Bei der Einnahmen-Ausgaben-Rechnung beschränkt sich Ihr Informationsstand im wesentlichen auf jenen Teil, der bei der doppelten Buchhaltung in der Gewinn- und Verlustrechnung aufscheint.

Laut HGB § 238[32] ist jeder Kaufmann verpflichtet, Bücher zu führen und in diesen seine Handelsgeschäfte und die Lage seines Vermögens nach den *Grundsätzen ordnungsmäßiger Buchführung* (Hervorhebung durch den Autor) ersichtlich zu machen. Diese Grundsätze sind[33]:

- vollständiges, richtiges, zeitgerechtes, chronologisches

[32] Handelsgesetzbuch der BRD. Zitiert nach Beck-Texte im dtv, 26. Auflage, Nr. 5002, Stand 10. 8. 1992

[33] Kirst, a.a.O., S. 249

und geordnetes Vornehmen der Buchungen und sonstigen Aufzeichnung
- lesbare Ausführung mit eindeutigen Abkürzungen
- keine Buchung ohne Beleg
- Numerieren der Belege
- geordnete Ablage von Belegen und Datenträgern
- vollständiger Ausdruck der Datenträger muß jederzeit möglich sein
- tägliche Kassenführung
- keine Veränderung von Aufzeichnungen oder Einträgen

§ 257 HGB[34] normiert die Aufbewahrungspflicht der Handelsaufzeichnungen für 10 Jahre (Handelsbücher, Inventare, Eröffnungsbilanzen, Jahresabschlüsse, Lageberichte, Konzernabschlüsse, Konzernlageberichte sowie die zu ihrem Verständnis erforderlichen Arbeitsanweisungen und sonstigen Organisationsunterlagen) bzw. für 6 Jahre (übrige Unterlagen). In Österreich ist die Aufbewahrungspflicht mit 7 Jahren festgelegt.

Die sich aus diesen rechtlichen Verpflichtungen ergebenden Aufzeichnungen müssen in jedem Unternehmen vorhanden sein, während weitergehende, betriebswirtschaftlich notwendige Instrumente des Rechnungswesens freiwillig zu erstellen sind.

Elemente der Finanzbuchhaltung sind:
- das Journal (chronologische Aufzeichnung der Geschäftsvorfälle)
- das Wareneingangsbuch
- das Kassabuch

---

[34] HGB der BRD, a.a.O., § 257

- das Bankbuch
- die Konten

In der Praxis werden alle diese Buchhaltungsschritte mit einem geeigneten Computerprogramm durchgeführt, welches alle erforderlichen Zusatzauswertungen erstellt. Der Kontenabschluß erfolgt einmal jährlich in der Bilanz (Vermögens- und Kapitalkonten) und in der Gewinn- und Verlustrechnung (Ertrags- und Aufwandskonten). Der Saldo der Gewinn- und Verlustrechnung verändert dann das Eigenkapital.

Organisatorisch zumeist in der Buchhaltungsabteilung angesiedelt sind die Funktionen Finanzdisposition, Bankenkontakt (planen Sie einen Kontakt über Electronic Banking?), Zahlungsverkehr, Mahnwesen und Einleitung von Klagen gegen nicht zahlende Kunden. Bei kleineren Unternehmen ist das Finanz- und Rechnungswesen auch mit Controllingaufgaben befaßt, d. h. mit Budgetierung, Kosten- und Leistungsrechnung, Erarbeitung von Kalkulationsgrundlagen, Finanzplanung, Erstellung von Planbilanzen und Erarbeitung von Soll-Ist-Analysen sowie diversen Entscheidungsrechnungen.

Risikovorsorge ist eine rein unternehmerische Aufgabe und sollte von Ihnen selbst geplant werden. Definieren Sie die üblichen Risiken Ihres Geschäfts, und versuchen Sie, die jeweils möglichen und wahrscheinlichen Schäden einzuschätzen. Klären Sie, welche dieser Risiken versicherbar sind, und holen Sie Versicherungsangebote ein. Lassen Sie diese Versicherungsangebote durch einen Fachmann vergleichen, nicht nur hinsichtlich der Prämienhöhe, sondern – und dies vorrangig – in Hinblick auf die Versicherungsklauseln: Wann muß die Versicherung im Schadensfall zahlen, wann hat sie die Möglichkeit, Zahlungen zu verweigern? Gibt es Rückvergütungen bei Schadensfreiheit? Wie lange müssen Sie sich vertraglich binden (Ihr Ziel muß sein: möglichst jeweils nur für ein Jahr, maximal für drei Jahre.)

Dazu nun noch einige Anregungen für den Versicherungsschutz. Überlegen Sie Versicherungen gegen folgende Risiken des Unternehmens:

- Feuer
- Einbruch und Diebstahl
- Betriebsunterbrechung (nach einem Brand)
- Unfall (zumindest für Sie selbst und Ihr Schlüsselpersonal)
- Ableben (zur Abdeckung des Fremdkapitals)
- Rechtsschutz (Vorsicht: Der maximale Streitwert ist im Vertrag fixiert. Darüber hinaus bekommen Sie keine Zahlung! Klären Sie auch, ob Sie freie Rechtsanwaltswahl haben.)
- Kreditschutz (für Forderungsverluste)

Verlangen Sie Klauseln, welche den Einwand der Nichtzahlung wegen Unterversicherung gegenstandslos machen. Das ist bei den meisten Versicherungen möglich. Überprüfen Sie die übersandten Polizzen oder, falls Sie sich fachlich dazu nicht in der Lage fühlen, lassen Sie diese durch einen Fachmann überprüfen.

Ein besonders heikler Bereich, bei welchem die strategischen Weichen frühzeitig gestellt werden müssen, ist die Planung der Ertragssteuern. Steuerzahlung ist betriebswirtschaftlich Verlust, und Verluste sind zu minimieren. Der Staat hat grundsätzlich nichts dagegen und gibt Ihnen sogar Gestaltungsmöglichkeiten an die Hand. Solche Gestaltungsmöglichkeiten sind beispielsweise:

- das Betriebsvermögen

- der Geschäftsführerbezug
- die Reservenpolitik

Angesichts der Fülle steuerlicher Bestimmungen werden Sie nicht umhin können, diese Frage intensiv mit Ihrem Steuerberater zu diskutieren. Es gilt wiederum: Ein guter Steuerberater bringt wesentlich mehr, als er kostet. Falls Sie allerdings an einen geraten, der Sie zur Unterstützung des Staatshaushaltes in maximaler Form veranlassen will, sollten Sie sich einen anderen suchen.

Grundsatz 12: ***Das Unternehmerdasein ist zwar nicht ganz einfach. Lassen Sie sich aber nicht entmutigen. Ein Business Plan, in dem Sie alle genannten Aspekte berücksichtigen, gibt Ihnen wertvolle Starthilfe. Alle Eventualitäten, auf die Sie vorbereitet sind, alle Gefahren, deren Sie sich bewußt sind, können Sie bewältigen.***

3.14 Die zahlenmäßige Ausarbeitung Ihres Business Plan

Wenn Sie diese Stelle Ihres Plans erreicht haben, sind Sie in der Lage, eine gediegene zahlenmäßige Ausarbeitung durchzuführen. Folgende Planaspekte haben Sie zu berücksichtigen:

- Vermögen und Vermögensentwicklung (Kapitalbedarf)
- Finanzierung
- Leistungsbudget (Gewinn- und Verlustrechnung)
- Finanzplanung
- Kalkulationsmethode und Kalkulationsgrundlagen

Sie können Ihre Planungsstrukturen natürlich durch Kennzahlen bzw. Kennzahlensysteme verdeutlichen.

An dieser Stelle können nur grundsätzliche Anregungen für die Erarbeitung dieser Unterlagen gegeben werden. Weitere Hilfen finden Sie in der praxisorientierten Fachliteratur.[35]

3.14.1 Kapitalbedarfsrechnung

Ziel der Kapitalbedarfsrechnung ist die Feststellung des gesamten Kapitalbedarfs Ihres Betriebes. Die Kapitalbedarfsrechnung darf nicht mit der Liquiditätsbedarfsrechnung verwechselt werden. Der Kapitalbedarf ist der strukturelle Bedarf an Finanzmitteln, der Liquiditätsbedarf hingegen der jeweils akute Bedarf. Ein kleines Beispiel soll dies erläutern. Angenommen, Sie sind von Anfang an sehr erfolgreich und machen hohe Gewinne. Nachdem die Ertragssteuervorauszahlung noch nicht so hoch angesetzt wurde, wie sie dann tatsächlich anfallen wird, verfügen Sie über gute Liquidität. Aber die Steuerzahlung kommt. Ihr Kapitalbedarf ist demnach strukturell höher als Ihr offenkundiger Liquiditätsbedarf.

---

[35] Siehe u. a.: Ziegenbein, Klaus: Controlling. Ludwigshafen 1984; Hofmeister, Roman/Stiegler, Harald: Controlling. Gestaltung und Anwendung für Klein- und Mittelbetriebe, Linz 1990; Hofmeister, Roman: Unternehmenssicherung. Schriftenreihe des Wirtschaftsförderungsinstitutes. Wien 1996. Deyhle, Albrecht: Arbeitshandbuch Gewinn-Management. 5. Auflage. Landsberg 1985

Das geeignetste Instrument für die Kapitalbedarfsrechnung ist die Planbilanz. Sie finden dazu im Anhang ein Beispiel und nachstehend Anregungen für die Gestaltung:

Vermögensposition (d. h. Kapitalbindung)	**Kapitalbedarf**	**Form der Kapitalbedarfsberechnung**
Anlagevermögen		lt. Investitionsplan (siehe Seite 157)
Materiallager		lt. Artikelplanung, Planung der Mindestbestände, Einkaufsplanung, Planung der Lieferzeiten, Planung der erforderlichen Reservebestände
Halbfertigwarenlager		Produktionsleistung pro Tag x Tage Produktionsdurchlaufszeit + Reserve
Fertigwarenlager und Lager an Handelswaren		lt. Mindestbestandsplanung und in Anlehnung an das Lagerumschlagsziel
sonstige Vorräte (Heizmaterial, Büromaterial, Ersatzteile)		lt. detaillierter Beständeplanung
Kundenforderungen		lt. Umsatzplanung und Planung der durchschnittlichen Kundenzahlweise
Kassenbestand bzw. Liquiditätsreserve		Zielansatz

Die Summe des so errechneten Kapitalbedarfs bildet die Basis für die Finanzierungsplanung. Sie müssen allerdings im Business Plan diese Kapitalbedarfsrechnung auf einen Zeitraum von zumindest drei Jahren ausdehnen, um auch die Entwicklung des Kapitalbedarfs zu berücksichtigen. Lassen Sie sich warnen: Üblicherweise wird der

Kapitalbedarf deutlich zu niedrig geschätzt. Der tatsächliche Kapitalbedarf kann Ihre Planung nach Erfahrungswerten um bis zum Doppelten überschreiten, selbst bei sorgfältiger Planung. Sichern Sie daher Ihre Planung durch Alternativpläne ab. Nicht jede Form des Kapitalbedarfs ist schlecht zu finanzieren, so daß sich aus der Kapitalbedarfsüberschreitung nicht notwendigerweise Zahlungsunfähigkeit (Illiquidität) ergibt.

Und noch eine Empfehlung: Verwenden Sie Ihr Eigenkapital (es sei denn, Sie sind für alle Eventualitäten mit Eigenkapital ausgestattet) nicht für die Finanzierung jener Vermögenspositionen, für die Sie relativ leicht Fremdkapital bekommen können, häufig sogar durch Zuschüsse der öffentlichen Hand gestützt. Dies betrifft vor allem das Anlagevermögen und jene Vermögensteile, welche von Banken als geeignete Sicherheiten anerkannt werden. Die Finanzierung der Kundenforderungen – Kunden guter Bonität vorausgesetzt – bringt üblicherweise keine Probleme. Falls Ihre Hausbank nicht zur Finanzierung im Wege eines Zessionskredites bereit ist, hätte Sie die Möglichkeit, die Kundenforderungen an ein Factoringinstitut zu verkaufen. Wenn Sie weitergehende Anregungen zur praktischen Finanzierung benötigen, bietet Ihnen das Buch „Kursbuch: Die richtige Bank“[36] Unterstützung. Sobald Sie der Bank beweisen können, daß Ihr Unternehmen erfolgreich läuft, werden Sie Finanzierungsprobleme lösen können.

---

[36] Hofmeister, Roman: Kursbuch: Die richtige Bank. Frankfurt/Main 1998

- Vergessen Sie in Ihrem Finanzierungskonzept nicht die Anlaufkosten!
- Berücksichtigen Sie mögliche Anlaufverluste.
- Halten Sie Liquiditätsreserven.
- Geben Sie keiner Bank mehr Sicherheiten als unbedingt nötig. Jede bankmäßige Sicherheit ist eine potentielle Liquiditätsreserve.

Das nachstehende Schema für einen Investitionsplan bietet lediglich einen Überblick. Selbstverständlich sollten Sie im Unternehmen selbst noch über Details verfügen (beispielsweise Maschinenkarten mit Serviceintervallen, Bedienungsanleitungen, Kontaktpersonen bei Maschinenstillstand, Energiebedarf bei Anlaufen und beim laufenden Betrieb zur Planung der Spitzenstromminimierung, Layoutpläne zur Maschinenaufstellung, Energieversorgungsplanung etc.). Führen Sie alle betragsmäßig bedeutenden Anlagen einzeln an, alle Kleinanlagen in Summe. Falls Sie ein größeres Unternehmen gründen, gliedern Sie diese Planung gleich nach Kostenstellen. Damit erhalten Sie als Information einen Teil des Kapitalbindungsplans einer Kostenstelle und darüber hinaus die für die Kalkulation zu berücksichtigenden Abschreibungsbeträge. Die errechneten Abschreibungsbeträge sind ins Budget zu übernehmen, wobei Sie für die Steuerplanung die steuerliche Abschreibung benötigen. Welche Abschreibungssätze vom Finanzamt akzeptiert werden, erfahren Sie über Ihren Steuerberater oder beim Finanzamt.

Falls Sie Maschinen oder Anlagen leasen (womit diese im wirtschaftlichen Eigentum der Leasingfirma sind und in Ihrer Bilanz nicht aufscheinen, lediglich unter dem Bilanzstrich, d. h. in der Ergänzungsrechnung), sollten Sie in Ihrer internen Verwaltung diese Gegenstände wie Anlagevermögen führen und auch so berechnen. Sie müssen allerdings dann entsprechende Korrekturrechnungen beim internen Budget durchführen (Leasingrate abziehen, Leasingkosten und Abschreibung erfassen).

Investitionsplan

Gegenstand	geplanter Anschaffungs-zeitpunkt	Anschaffungs-wert ohne MwSt.	geplante wirtschaftliche Nutzung in Jahren	wirtschaftliche Abschreibung (echter Substanz-verzehr)	steuerliche Nutzung in Jahren	steuerliche Abschreibung	Anmerkung
		A	B	C	D	E	
				= (A/B)		= (A/D)	
Summe							

3.14.2 Finanzierungsplanung

Als Unternehmensgründer können Sie folgende Finanzierungsquellen ansetzen:

- Eigenkapital (Stammkapital, Kapitaleinlagen, Beteiligungskapital, öffentliche Hilfen in Form nicht rückzahlbarer Zuschüsse)
- Fremdkapital in Form von:
  - öffentlich geförderten und/oder garantierten Krediten und Darlehen
  - Bankkrediten und Darlehen
  - Privatkrediten und Darlehen
  - Lieferantenkrediten (Warenkrediten)

Die Finanzierungsquellen haben nur teilweise etwas mit der tatsächlichen Verwendung für bestimmte Finanzierungszwecke zu tun (siehe oben). Gehen Sie am besten in Form einer Restrechnung vor: Ziehen Sie vom errechneten Kapitalbedarf folgende Posten ab: rückzahlbare öffentliche Zuschüsse, öffentlich geförderte Kredite und Darlehen (z. B. Eigenkapitalersatzdarlehen), Lieferantenkredite aufgrund der üblichen Zahlungsziele und Sonderkonditionen bei der Unternehmensgründung (Achtung: Verlust von Skonto berücksichtigen! Skontoverlust auf Jahresverzinsung hochrechnen!), Bankdarlehen und Kontokorrentkredit der Bank. Was bleibt, ist der Eigenkapitalbedarf. Ist dieser Eigenkapitalbedarf größer als Ihr Eigenkapital, so entsteht (zunächst planerisch) eine zu bewältigende Kapitallücke.

Ist Ihr Eigenkapital größer als der berechnete Eigenkapitalbedarf, so verfügen Sie über ausreichende Kapitalisierung (der überschreitende Betrag gilt als Reserve).

Falls Sie von Ihren Lieferanten Starthilfe erhalten, müssen Sie bei Auslaufen diese Hilfe den veränderten Kapitalbedarf planen, d. h., Sie müssen in Ihrem Liquiditätsplan die höheren Rückzahlungserfordernisse bei Lieferanten einrechnen.

3.14.3 Budgetierung

3.14.3.1 Zeitliche Gliederung Ihres Budgets

Ihr Erstbudget sollte, zumindest für das erste Wirtschaftsjahr, nach Monaten gegliedert sein. Ist die Restperiode bis zum Ende Ihres ersten Wirtschaftsjahres geringer als etwa ein halbes Jahr, sollten Sie auch das zweite Wirtschaftsjahr noch nach Monaten prognostizieren. Weitere zwei Wirtschaftsjahre sind dann im Überblick darzustellen. Erliegen Sie aber nicht der Versuchung, einfach die ersten Jahre hochzurechnen. Das ist zwar üblich, betriebswirtschaftlich aber wertlos.

3.14.3.2 Sachliche Gliederung

Ihr Budget hat unterschiedliche Planungsstrukturen mit unterschiedlichem Grad der Unsicherheit: den sehr prognosesicher zu berechnenden Bereich der Bereitschaftskosten Ihres Betriebes und den mit großer Unsicherheit behafteten Umsatz- und Deckungsbeitragsbereich.

Den betrieblichen Kostenbereich zu gestalten liegt weitgehend in Ihrer Hand. Nichts in diesem Bereich geschieht, ohne daß Sie darüber informiert sind, sein könnten oder sein müßten. Beim Umsatz und Deckungsbeitrag hingegen beeinflußt das Marktgeschehen, das Verhalten der Kunden und Lieferanten Ihre Prognose, so daß naturgemäß hier wesentlich größere Planabweichungen zu erwarten sind als bei den betrieblichen Kosten.

3.14.3.3 Praktische Vorgangsweise bei der Budgetierung

Prognose der Bereitschaftskosten

- Listen Sie alle vorkommenden Bereitschaftskosten auf (Anregungen dazu finden Sie im Anhang).
- Strukturieren Sie die Bereitschaftskosten nach dem Auslöser, d. h., fragen Sie sich, was dazu führt, daß diese Kosten entstehen und in welcher Höhe sie entstehen. Etwa:
    - Kosten aufgrund von Vertragsabschlüssen (Vermeidung durch Vertragslösung)
    - Kosten aufgrund gesetzlicher Bestimmungen (Sozialkosten, Gebühren, Abgaben, Steuern)
    - Kosten aufgrund der benötigten Finanzierung und des Zahlungsverhaltens (Zinsenaufwand, Skontoaufwand, Skontoertrag als Opportunitätskosten)
    - Kosten aufgrund der benötigten Transporteinrichtungen und Fahrzeuge
    - Kosten, deren Entstehen Sie autonom, ohne Zwang von außen beeinflussen können (Werbung, Beratung)
    - Kosten der Telekommunikation (Telefon, Mobiltelefon, Fax, Internet)
    - sonstige Kosten
    - Abschreibung (Wertminderungskosten)

Um das System nicht zu kompliziert werden zu lassen, empfehle ich Ihnen, auch teilweise leistungsabhängige Kosten wie Energie als Bereitschaftskosten zu planen. Sammeln Sie zu den einzelnen Budgetpositionen Grundlagendaten (Angebote, Kollektivverträge, Dienstverträge, Mietverträge, etc.). Dabei können Sie gleichzeitig Ihr Ablagesystem ordnen, indem Sie alle zusammengehörigen Verträge (etwa Versicherungspolizzen) in einen Übersichtsordner erfassen. Weisen Sie in den Anmerkungen zum Budget auf die Berechnungsgrundlagen hin.

Umsatzprognose

- Gliedern Sie Ihr Leistungsprogramm (Artikel, Artikelgruppen, Dienstleistungen, wichtigste Zielgruppen, wichtigste Absatzgebiete, wichtigste Vertriebspartner).
- Prognostizieren Sie Absatzmengen pro Leistungselement.
- Prognostizieren Sie den durchschnittlichen Preis (ohne Mehrwertsteuer) pro Leistungselement.
- Errechnen Sie nun den Umsatz pro Leistungselement.
- Summieren Sie den Gesamtumsatz.

Geeignete PC-Planungsprogramme können Sie dabei erheblich unterstützen, etwa, als kostengünstigste Lösung, ein Tabellenkalkulationsprogramm oder Spezialprogramme wie der Corporate Planner, mit Hilfe dessen Auswertungen beispielhaft im Anhang beigefügt sind. Nachdem wir davon ausgehen können, daß Ihr Business Plan schon sehr weit gediehen ist, sollten Sie nicht unwirtschaftlich vorgehen, indem Sie die Planungsarbeit in nicht weiter verwendbarer Form durchführen. Sie werden die

Daten für die Steuerung Ihres Unternehmens und die Durchführung von Soll-Ist-Analysen benötigen. Ein PC und ein Tabellenkalkulationsprogramm sind daher unabdinglich. Haben Sie bei der Erarbeitung des Business Plan die Unterstützung eines Beraters genutzt, sollte Ihnen dieser zumindest die Datengrundlagen auf Diskette übergeben.

Die Prognose selbst bauen Sie auf folgenden Grundlagen auf, von denen möglichst mehrere eingesetzt werden sollten:

Markt pro Leistungselement	verfügbare Kapazität pro Leistungselement
Durchschnittspreis	Leistungsstunden Personal
Absatzerwartung aufgrund bestehender Kundenkontakte	Leistungsstunden der Maschinen und Geräte
Absatzprognosen aufgrund des Marktbedarfs	Anzahl der Hotelbetten
branchenübliche Kennzahlen (beispielsweise Umsatz pro m^2 Verkaufsfläche, Umsatz pro Mitarbeiter)	Öffnungstage und saisonale Auslastung
intuitive Schätzungen	mögliche Kilometerleistung

Vermeiden Sie unbedingt, einen über den Daumen berechneten Umsatz anzusetzen, nach der Formel: Ich habe Kosten in bestimmter Höhe, Bedarf an Privatentnahmen, Rückzahlungsverpflichtungen, möchte einen bestimmten Gewinn erzielen, daher werde ich diesen Umsatz erreichen. Das kann zwar ein Ziel sein, ist aber eher ein Wunsch. Wenn Sie einen auf diese Art geplanten Umsatz nicht erreichen, werden Sie nicht in der Lage sein, aus den Abweichungen die notwendigen Schlüsse zu ziehen und damit Ihr Unternehmen wieder auf Kurs zu bringen. Sicherlich bedeutet Planung viel Arbeit und Nachdenken, aber nur dadurch wird ein Budget wertvoll. Ihr Budget muß der Ausdruck Ihrer Analysen und Pläne sein, etwas, zu dem Sie stehen können, mit dem Sie sich identifizieren und dessen Ergebnisse Sie ernst nehmen. Kein von Beratern für Sie erstelltes Budget kann diesem Anspruch genügen, wenn Sie nicht selbst an der Erarbeitung jedes einzelnen Elements mitgewirkt haben.

Prognose der direkten Kosten und Deckungsbeiträge

Als direkte Kosten werden jene Kosten bezeichnet, welche unmittelbar durch eine Leistung entstehen oder vermieden werden, wenn diese Leistung unterbleibt. In der noch konsequenteren Form gelten direkte Kosten als jene Kosten, die nur durch den Verkauf eines Produktes oder einer Leistung entstehen. Falls Sie produzieren, werden Sie die erweiterte Definition der direkten Kosten brauchen.

Direkte Kosten sind vor allem:

- direkte Verkaufskosten (Vertreterprovisionen, Verkaufsrabatte)
- direkte Vertriebskosten (Fracht, Zoll, Transportversicherungen)
- direkte Erlösschmälerungen (Skonti, Nacharbeitskosten, Garantiekosten)
- Kosten der für Produkte und Leistungen zugekauften Materialien und Fremdleistungen
- direkte Kosten für die Entwicklung von Produkten und Leistungen
- direkte Werkzeugkosten und Kosten von Vorrichtungen für die Erzeugung von Produkten

Diese Kosten können Sie in der Praxis nur umsatzabhängig bzw. produktionsleistungsabhängig planen. Unterbleiben Umsatz oder Produktion, fallen diese Kostenpositionen nicht an.

Die einfachste Definition für den Deckungsbeitrag ergibt sich aus der Formel:

Umsatz – direkte Kosten = Deckungsbeitrag

Sie werden für eine sorgfältige Planung und Analyse mehrere Deckungsbeitragsstufen benötigen. Für die Breakeven-Analyse müssen Sie den Deckungsbeitrag in Relation zum Umsatz berechnen und erhalten dann eine Prozentzahl, den sogenannten DBU-Faktor:

Deckungsbeitrag x 100/Umsatz = DBU-Faktor

Anhänger der sogenannten „Teilkostenrechnung" vertreten hartnäckig die Ansicht, daß beim Deckungsbeitrag auch die direkten Personalkosten zu berücksichtigen seien. Personalkosten haben Sie aber auch dann, wenn Sie mangels Auftrag nicht produzieren, falls Sie Ihr Personal nicht kündigen, d. h. den Dienstvertrag nicht lösen. Und letztendlich brauchen Sie zur Produktion nicht nur das sogenannte Produktivpersonal, sondern die gesamte Infrastruktur Ihres Betriebes.

Es spricht nichts dagegen, die Deckungsbeitragsrechnung stufenweise so weit fortzuführen, daß auch weitere Deckungselemente berücksichtigt werden. Seien Sie dann aber vorsichtig, Sie könnten leicht zu Fehlschlüssen kommen und interessante Produkte und Leistungen aus dem Markt nehmen, weil eine falsch angewandte Deckungsbeitragsrechnung sie unattraktiv erscheinen läßt.

Die Praxis hat die dargestellte Form des Deckungsbeitrags als die transparenteste und für Steuerungszwecke am besten geeignete bewiesen, weil nur diese Form ermöglicht, direkte Planungen und Kontrollen durchzuführen, nach der Formel:

Die Summe aller Deckungsbeiträge über alle Artikel und Leistungen muß größer sein als die Summe der Bereitschaftskosten.

Entscheidend sind Deckungsbeitrag und Absatzmengen, wobei der Deckungsbeitrag nicht in Prozenten, sondern in Währungseinheiten berechnet wird. Die Steuerung der Höhe des Deckungsbeitrags erfolgt über die Einflußgrößen:

Umsatz = Absatzmenge x Preis
direkte Kosten = Bezugsmenge x Preis

Ist der Deckungsbeitrag pro Leistungseinheit zu gering, können noch immer andere Leistungseinheiten oder eine Erhöhung der Absatzmenge zum Ziel der Bereitschaftskostendeckung führen. Dieser in wenigen Sätzen angerissene Bereich ist in der Praxis ein sehr komplexer Vorgang. Sie sollten in diesem Zusammenhang einen Blick auf den betriebswirtschaftlichen Instrumentenkasten werfen, um nicht durch ungeeignete, veraltete Methoden auf einen problematischen Weg geführt zu werden.

Zur Unterstützung noch ein kleiner Überblick, den Sie mit Hilfe von Tabellenkalkulationen oder kostengünstig zu erhaltenden Datenbanken ohne Schwierigkeiten realisieren können:

Leistungs-element (LE)	Planpreis pro LE	direkte Kosten pro LE	Plan-Absatz-menge	Plan – Umsatz	Plan – direkte Kosten	Plan – Deckungs-beitrag
A	100	80	1000	100.000	80.000	20.000
B	5000	2000	300	1,500.000	600.000	900.000
C	20	18	10000	200.000	180.000	20.000
Summe			**11300**	**1,800.000**	**860.000**	**940.000**
Bereitschafts-kosten						**– 800.000**
Gewinn vor Steuer						**140.000**
Steuer ca.						70.000
Gewinn nach Steuern						**70.000**

Damit sollte die Grundsruktur Ihres Budgets erläutert sein. Haben Sie Ihr Budget erarbeitet, ist Ihr Business Plan schon fast fertig.

3.14.4 Finanzplanung

Teilelemente der Finanzplanung haben wir bereits besprochen:

- die Planbilanz (Kapitalbedarfsrechnung, Finanzierungsrechnung)
- die Finanzierungsplanung

Es fehlt also nur noch die Liquiditätsplanung, die für jenen Zeitraum, für den Sie das Budget nach Monaten gegliedert haben, ebenfalls nach Monaten ausgearbeitet werden sollte und für die weitere Planungsperiode über die Plangröße „Cash-flow".

Basis für Ihren Liquiditätsplan ist das Budget. Sie müssen nun die Budgetdaten in Zahlungsströme umwandeln, d. h.:

- jene Werte, in welchen auf der Rechnung Mehrwertsteuer enthalten ist, um die Mehrwertsteuer ergänzen (das betrifft einen Großteil Ihrer Umsätze, sofern Sie nicht exportieren, und einen Großteil Ihrer Eingangsrechnungen);
- ein Zahlungsmodell pro Position entwerfen (Wann werden die Umsätze zu Umsatzeinnahmen, d. h., wann und wie werden die Kunden zahlen? Wann wollen Sie selbst Ihre Lieferanten bezahlen?);
- die Zahlungen in die jeweiligen Monate eintragen bzw., wenn Sie ein geeignetes EDV-Programm haben, die Daten übernehmen und zeitlich verschieben.

Dabei berücksichtigen Sie lediglich jene Budgetpositionen, welche zu Einnahmen oder Ausgaben führen, d. h. nicht die Abschreibungen. Nun müssen Sie das Zahlungsmodell ergänzen

- um Einnahmen, die nicht ertragswirksam sind und damit im Budget nicht erfaßt werden (Kreditgewährungen, Beteiligungskapital, private Einlagen);
- um Ausgaben, die nicht aufwandswirksam sind und damit auch nicht im Budget erfaßt werden (Investitionen, Ertragssteuerzahlungen, Privatentnahmen, Rückzahlungsverpflichtungen für Kredite und Darle-

hen – hier allerdings bei Pauschalraten ohne Zinsen, die schon im Budget erfaßt sein müßten);
- um die Zahllast der Mehrwertsteuer.

Der Saldo zwischen den monatlichen Einnahmen und Ausgaben ist der Liquiditätssaldo. Es ist zu empfehlen, nicht nur den monatlichen Liquiditätssaldo zu ermitteln, sondern auch den auflaufenden Liquiditätssaldo für die gesamte Planungsperiode. Liquiditätsüberschüsse und -engpässe müssen nun disponiert werden. Ergeben sich solche Engpässe, müssen Sie zunächst untersuchen, ob nicht im zeitlichen Anfall von Einnahmen und Ausgaben Verschiebungen möglich sind (Einnahmen vorziehen, Ausgaben verzögern). Gelingt Ihnen das nicht, müßten Sie Kapital zuführen. Sie können aber grundsätzlich davon ausgehen, daß bei erfolgreichen Unternehmen Banken durchaus zu zeitlich begrenzten Liquiditätshilfen bereit sind, insbesondere dann, wenn Sie aufgrund von Planungen frühzeitig Engpässe erkennen und Verhandlungen einleiten.

Für die längerfristige Liquiditätsplanung wird, wie erwähnt, der Cash-flow als Planungsgröße herangezogen. Der Cash-flow ist eine Saldogröße, der in der einfachsten Form folgendermaßen zu definieren ist:

laufende Betriebseinnahmen –
laufende Betriebsausgaben = Cash-flow

Falls Sie ein Einzelunternehmen oder eine Personengesellschaft planen und damit Privatentnahmen tätigen können, müssen Sie den Cash-flow noch um die Privatentnahmen und um die Privatsteuerzahlungen reduzieren. Der verbleibende Betrag steht für Tilgungen, Investitionen und Reservenbildung zur Verfügung.

3.14.5 Break-even-Rechnung

In keinem Business Plan darf die Break-even-Rechnung fehlen, das ist die Berechnung des für Kosten- und Ausgabendeckung erforderlichen Mindestumsatzes. Die Grundformel dazu lautet:

Bereitschaftskosten x 100/DBU-Faktor
= Break-even-Umsatz

Der Break-even-Umsatz ist jener Umsatz, bei dem Sie weder Gewinn noch Verlust erwirtschaften, die sogenannte „Kostendeckungsschwelle". Wir haben bereits auf die Problematik derartiger Berechnungen hingewiesen, sie genießen aber nach wie vor hohe Popularität bei Banken und Förderungsstellen und geben zumindest die Zieldimension an, die unbedingt erreicht werden muß.

Im Anhang finden Sie zur Break-even-Analyse ein Beispiel und eine graphische Darstellung, welche Ihnen ermöglichen, das Verfahren nachzuvollziehen. Wenn Sie Budget und Liquiditätsplanung in der besprochenen Form erarbeitet haben, verfügen Sie über wesentlich genauere Daten, als die Break-even-Analyse liefern kann. Dennoch kann diese Berechnung Ihre Überlegungen nochmals verdeutlichen, auch für Sie selbst. Möglicherweise erkennen Sie dadurch, daß Ihre Ziellatte doch etwas hoch hängt und eine nochmalige Überarbeitung des Plans sinnvoll wäre. Lösen Sie sich aber von der Fiktion des „Break-even-Punktes“. In der Praxis ist der Punkt nur im nachhinein genau zu berechnen, und das ist zu spät. Denken Sie eher in Bereichen, simulieren Sie unterschiedliche DBU-Annahmen und unterschiedliche Kostenannahmen. Damit kommen Sie der Wahrheit wesentlich näher und erhalten einen besseren Überblick über die zu erreichenden Mindestziele.

3.14.6 Kalkulationsmethoden und Kalkulationsgrundlagen

Ein gewiefter Adressat Ihres Business Plan wird Sie nach den angewandten Kalkulationsmethoden und nach den Kalkulationsgrundlagen fragen, zwei Punkte, die aber auch für Sie selbst von größter Bedeutung sind.

Kalkulation heißt nichts anderes als Verteilung der Kosten auf einzelne Produkte und Leistungen. Wie Sie bereits wissen, gibt es

- direkte Kosten, die für jedes Produkt separat zu berechnen sind und
- Bereitschaftskosten, die im Wege geeigneter Verteilungsschlüssel den Produkten und Leistungen zuzuordnen sind.

Diese Verteilungsschlüssel werden bei größeren Betrieben pro Kostenstelle ermittelt, wobei die Kosten durch die Anzahl der Leistungseinheiten (Personalstunden, Maschinenstunden, sonstige Leistungseinheiten) dividiert werden. Kosten von Hilfskostenstellen (Verwaltung etc.) werden über Verteilungsschlüssel den Hauptkostenstellen (die verkaufbare Leistungen erzeugen) zugeschlagen.

Wesentlich einfacher funktioniert das bei Handelsbetrieben. Die Bereitschaftskosten werden mit Hilfe eines Prozentschlüssels auf die Einstandspreise der Waren aufgeschlagen.

Diese kurz skizzierte Form der Kostenrechnung, die zur sogenannten „Zuschlagskalkulation" führt, ist in den Betrieben die mit Abstand dominierende Form. Legionen von Kostenrechnern und Beratern sind mit der Errechnung dieser „Kalkulationssätze" (Stundensätze, Aufschlagssätze) beschäftigt. Nahezu jeder Unternehmer träumt von der „richtigen" Kalkulation, bei der er etwas verdienen kann.

Um zur richtigen Kalkulation zu gelangen, müssen Sie alle Einflußelemente berücksichtigen, planen und kontrollieren:

- die Höhe der Bereitschaftskosten (die Sie in Ihrem Budget bereits erarbeitet haben)
- die Anzahl der verkaufbaren Leistungseinheiten, d. h. die Absatzmenge
- die Anzahl der (wegen Produktionszeitüberschreitung, Garantieleistung, Auftragsmangel, zu geringer Seriengröße etc.) nicht verkaufbaren Leistungseinheiten
- den tatsächlich erzielten Preis pro verkaufter Leistungseinheit

Bei jedem dieser Elemente und bei jedem Teilelement kann es zu Abweichungen kommen, die auf ihre Relevanz hinsichtlich der Kalkulation überprüft werden müssen. Nun können Sie aber in der Praxis Listenpreise nicht laufend ändern, d. h., Sie müssen die Kalkulationsstrukturen und die Kalkulationsannahmen so sorgfältig planen, daß zumindest größere Abweichungen nicht zu erwarten sind.

Beachten Sie bei der Kalkulation, daß die Kalkulationsgrundlagen nachvollziehbar sein müssen. Die (aus Verkäufen) realisierten Kalkulationen sollten als Dekkungselemente von den Bereitschaftskosten (gegebenenfalls pro Kostenstelle) abgezogen werden (über ein EDV-System, in der Art eines Buchhaltungssystems, so daß immer das Restdeckungserfordernis sichtbar ist). Vom System her müssen die Kalkulationen so angelegt werden, daß die Berechnung des kalkulatorischen Ausgleichs möglich ist (Unterdeckungen bei einem Artikel müssen durch Überdeckung bei anderen ausgeglichen werden).

Zur Vorgangsweise kann der folgende Ablauf empfohlen werden:

- Erstellen Sie eine Stücklistenkalkulation (Rezepturkalkulation). Multipliziert mit den Produktionsmengen bzw. Absatzmengen, müßte sich bei der Nachkalkulation der Wareneinsatz des Auftrags ergeben.
- Stellen Sie alle Arbeitsvorgänge dar.
- Planen Sie die Zeiten pro Arbeitsvorgang (Leistungszeit, Rüstzeit, Verteilzeiten). Die Multiplikation der Zeiten pro Auftrag müßte die Kapazitätsnutzung pro Vorgang ergeben.
- Berücksichtigen Sie Restbereitschaftskosten und die direkten Kosten des Verkaufs.
- Berechnen Sie den Soll-Angebotspreis auf Basis ermittelter Verrechnungssätze.
- Legen Sie den Marktpreis fest.

- Führen Sie eine stufenweise Deckungsbeitragsrechnung durch.
- Nehmen Sie eine Unterdeckung zum Anlaß, Ihre Kosten im Sinne einer Zielkostenrechnung zu durchforsten.
- Und nicht zuletzt: Kalkulieren Sie nicht nur einzelne Artikel, sondern Ihr gesamtes Leistungsprogramm.

Vermeiden Sie als Händler einfache Zuschlagssätze. Berechnen Sie den Deckungsbeitrag pro Artikel, d. h., errechnen Sie, was Ihnen nach Abzug der gelieferten Waren bleibt, nicht was Sie aufschlagen, und planen Sie dabei den Deckungsbeitrag nicht nur in Prozenten, sondern auch pro Stück. Fixieren Sie den Deckungsbeitrag auch nach der „Tragfähigkeit" von Produkten für bestimmte Preise, d. h. nach der Marktsituation.

Das nachfolgende Schema, mit Hilfe einer Tabellenkalkulation bearbeitet, stammt aus einem praktischen Fall und zeigt Ihnen im Überblick, wie diese Berechnung aussehen könnte. Überall dort, wo Sie „x" sehen, stehen im Programm Formeln. Sie können daraus ersehen, daß die Berechnungen relativ rasch durchgeführt werden können, wenn Schema und Formeln erst definiert sind. Derartige „Programmkalkulationen" sind in der Praxis wesentlich weniger aufwendig, als vermutet wird, insbesondere dann, wenn sie durch technische Hilfsmittel entsprechend unterstützt werden.

Sie sind allerdings als Unternehmer für die Grunddatengewinnung vielfach gefordert:

- Nur Sie können den Markpreis fixieren.
- Sie müssen die Stücklistenkalkulation erarbeiten und überprüfen (Menge, Einstandspreise).

- Sie müssen die Arbeitsabläufe fixieren (Organisation, Zeitbedarf).

Diese Form der Kalkulation ermöglicht Ihnen allerdings in sonst kaum realisierbarem Ausmaß, Strukturen zu erkennen und neue Erkenntnisse rasch umzusetzen.

Kalkulationsschema				
			Stückzahl pro Auftrag:	
Artikel:			Nettopreis pro Stück:	
Stücklistenkalkulation	Einheiten kg, Stück, Meter...	Preis pro Einheit	Wert	
Material 1				
Material 2				
Material 3				
Materialsumme			*x,xx*	
Verschnitt/Verlustwert				
Soll-Materialkosten			**x,xx**	
Materialzuschlag		x,xx%		
Materialsumme			***x,xx***	
Arbeitsgänge	Minuten Plan	Kosten/Min.	Kosten	
Arbeitsgang 1			x,xx	
Arbeitsgang 2			x,xx	
Arbeitsgang 3			x,xx	
Arbeitsgang 4			x,xx	
Arbeitsgang 5			x,xx	
Summe Produktion	***x,xx***		x,xx	
auftragsabh. Fixkosten	Stück		x,xx	
modellfixe Kosten	Stück		x,xx	
Unternehmensfixkosten			x,xx	
Summe Fixkosten			***x,xx***	
Selbstkosten o. Prov.			***x,xx***	
direkte Verkaufskosten		x,xx%	x,xx	
Soll-Angebotspreis			**x,xx**	
Verkaufspreis o. MwSt.				
abzgl. Materialkosten				
Rohertrag 1			***x,xx***	
abzgl. Verschnitt/				
Verlustkosten				
Rohertrag 2			***x,xx***	
abzgl. direkte		x,xx%	x,xx	
Vertriebskosten				
Deckungsbeitrag 1			***x,xx***	
abzüglich dir. Prod.Ko.			x,xx	
Deckungsbeitrag 2			***x,xx***	
abzgl. auftragsfixe Ko.			x,xx	
Deckungsbeitrag 3			***x,xx***	
abzgl.modellfixe Kosten			x,xx	
Deckungsbeitrag 4			***x,xx***	
abzgl.Untern. Fixkosten			x,xx	
Deckungsbeitrag 5			**x,xx**	

3.14.7 Kennzahlen

Die Daten Ihres Business Plan werden noch wesentlich aussagekräftiger, wenn Sie diese durch Kennzahlen erläutern. Im Anhang finden Sie mehrere Kennzahlentableaus, die Sie einsetzen können. Die Zusammenhänge und Berechnungsformeln sind dort ebenfalls dargestellt, daher nur noch eine kurze Erläuterung dazu:

Rentabilitätszahlen ergeben sich aus der Grundformel:

Gewinn x 100/Basis

Die Eigenkapitalrentabilität wäre demnach:
Gewinn x 100/Eigenkapital; die Gesamtkapitalrentabilität:
(Gewinn + Fremdkapitalkosten) x 100/Gesamtkapital

3.15 Business Plan – Darstellung und Präsentation

Grundsätzlich gilt für jeden Business Plan, den Sie an außenstehende Adressaten (Banken, Förderungsstellen, mögliche Partner) weitergeben:

- Gliedern Sie übersichtlich.
- Wählen Sie eine einfache, klare Sprache: keine überflüssigen Schnörkel, keine verschachtelten Sätze.
- Wählen Sie eine gut lesbare Schrifttype.
- Ein Bild sagt mehr aus tausend Worte. Ergänzen Sie Zahlen durch aussagekräftige Graphiken.

- Zeigen Sie auf, was Sie vom Adressaten erwarten.
- Lassen Sie den Business Plan dem Adressaten vor einem persönlichen Gespräch zukommen, damit er sich vorbereiten kann.
- Verzichten Sie niemals auf eine persönliche Präsentation, aber fassen Sie sich kurz. Es ist wichtig, ausreichend Zeit für Erklärungen, Erläuterungen und Argumente zu haben.
- Erarbeiten Sie ein eigenes Präsentationskonzept für Ihren Business Plan, welches Sie gegebenenfalls auch mit Hilfe eines Overheadprojektors oder eines Beamers zeigen können, der eine Präsentation direkt vom Laptop ermöglicht.

4 Frühwarnung und Controlling

Ein Frühwarnsystem hat die Aufgabe, Sie rechtzeitig vor Entwicklungen zu warnen, die Ihr Unternehmen gefährden könnten. Frühwarnsignale sind in der Umwelt anzusetzen, d. h., Sie müssen definieren, welche Abweichungen der in Ihrem strategischen Konzept angenommenen Umweltentwicklungen signalhaft verstanden werden.

- Definieren Sie pro Umweltbereich Entwicklungen, die Sie beobachten möchten.
- Erarbeiten Sie Indikatoren für die Entwicklung (beispielsweise Statistiken, hektische Werbeaktivitäten Ihrer Konkurrenten, Umsatzrückgänge in der Branche Ihrer Kunden etc.).
- Präzisieren Sie die Informationsquellen.
- Legen Sie Grenzbereiche positiver und negativer Entwicklungen fest, ab deren Überschreitung das Frühwarnsignal wirksam werden soll.
- Analysieren Sie regelmäßig Ihre Informationsquellen in Hinblick auf Ihre Frühwarnindikatoren.
- Analysieren Sie auch schwache Signale hinsichtlich der strategischen Bedeutung für Ihr Unternehmen.

Die Beschäftigung mit Frühwarnsignalen entspricht einem regelmäßigen Strategietraining, das Ihre Position stärken wird. Sie schärfen damit Ihre Sensibilität für Entwicklungen am Markt und in der Umwelt, selbst dann, wenn Sie mit Ihrer Einschätzung der Umwelt recht haben und keine Frühwarnsignale ausgelöst werden.

Wenn Sie die Empfehlungen zur Frühwarnung beachten, sind Sie unter Unternehmern eine positive Ausnahmeerscheinung und haben beste Chancen auf Erfolg. Planungen, seien sie noch so sorgfältig und gut erarbeitet, bleiben immer mit Unsicherheit behaftet. Die Aufgabe der Planung ist, Ihnen kurzfristig aufzuzeigen, daß prognostizierte Entwicklungen nicht eintreffen. Sie sollten dabei nicht nur an negative Entwicklungen denken, sondern auch an positive, an Übererfüllung von Zielen. Auch mit dem Erfolg umzugehen muß man lernen. Fortschrittliche Controlling-Programme wie auch der Corporate Planner bieten die Möglichkeiten, Warngrenzen einzuführen, bei deren Überschreitung positive Signale abgegeben werden, bei Unterschreitungen negative. Ihr Controlling sollte deshalb regelmäßig folgende Anforderungen erfüllen:

- Planungszeitraum mindestens 1 Jahr
- Planung von Ertrag (Budget), Liquidität (Liquiditätsplanung) sowie Kapitalbedarf und Finanzierung (Planbilanz)
- monatliche Soll-Ist-Analysen
- laufende Kalkulationskontrollen
- permanente Deckungsbeitragsanalysen pro Leistungsprogrammelement, pro Kunde, pro Vertriebsweg
- permanente Kontrolle der Wirtschaftlichkeit der Leistung

Die verfügbare Technik zu günstigen Preisen hat das früher häufig genannte Argument der zeitlichen Überlastung fadenscheinig werden lassen. Von der Betriebsdatenerfassung bis zum fertigen Controlling-Bericht kann eine solche Kontrolle mit geringem Arbeitsaufwand erstellt werden. Sie brauchen lediglich noch:

- lesen
- verstehen
- Engpässe und Frühwarnsignale erkennen
- handeln

Und das heißt letztendlich nichts anderes als Unternehmer zu sein.

Erkennen Sie, daß Ihr Unternehmen nicht ganz so läuft, wie Sie das erwartet haben, ist das noch kein Grund zum Aufgeben. Betreiben Sie Krisenmanagement! „Krisenmanagement ist Management knapper Ressourcen, verbunden mit Unsicherheit und unvorhersehbaren Entwicklungen. Schnelle Reaktion ist erforderlich, Improvisation, Überleben von Tag zu Tag."[37] Ansätze dazu gibt es in praktisch jedem Bereich des Unternehmens, von der Liquiditätsdisposition über Rationalisierungsprogramme (Wertanalyse, Gemeinkosten-Wertanalyse, Reengineering etc.) bis zu Marketingaktionen. Sie werden dann rasch lernen, wie viele Werte sich in Ihrem Unternehmen angesammelt haben, Werte, die Sie zu Geld machen müssen. Eine weitere Finanzierungsquelle wird sich Ihnen öffnen, die Sie als Firmengründer noch nicht ausgeschöpft haben: die Kapitalfreisetzung, d. h. der Abbau von Vermögen.

Wichtig ist nur, daß Sie sich nicht entmutigen lassen und sich dessen bewußt bleiben, daß Unternehmer sein

---

[37] Hofmeister, Roman: Unternehmenssicherung. Schriftenreihe des Wirtschaftsförderungsinstitutes, Wien 1996, S. 90

bedeutet, etwas zu unternehmen. Wie bei der Unternehmensgründung werden Sie auch in Krisensituationen unerwartete Helfer finden, die ebenso an der Erhaltung Ihres Unternehmens interessiert sind wie Sie selbst. Und damit: Auf in den Markt!

5 Ein Wort zum Schluß

Von Ihrer ersten, vielleicht noch vagen Geschäftsidee bis zum fertigen Business Plan haben Sie nun einen weiten Weg hinter sich. Viele Ihrer Überlegungen werden sich bestätigt und konkretisiert haben, andere wiederum waren zu überarbeiten, neue Aspekte wurden hinzugenommen. Sie können nun mit gutem Gefühl Ihren Plan präsentieren und realisieren. Nehmen Sie ihn als Handbuch für alle Schritte, die Sie setzen, lassen Sie ihn leben, indem Sie weiter daran feilen und ihn aktualisieren, ergänzen und permanent prüfen. Vielleicht werden Sie in Ihrem Unternehmerdasein nie wieder eine so tiefgründige Analyse durchführen, besonders dann nicht, wenn der Erfolg Ihre zeitlichen Möglichkeiten beschränkt. Wenn Ihr Unternehmen wächst, werden Sie erkennen, daß Sie ganz andere Fähigkeiten entwickeln müssen, um erfolgreich zu bleiben: die Fähigkeit, geeignete Mitarbeiter zu rekrutieren, die Fähigkeit, deren Einsatz entsprechend zu organisieren und die Leistung in motivierender Form zu überwachen. Sie werden als Unternehmer lernen, daß Sie immer neu um den Erfolg Ihres Unternehmens kämpfen müssen und was es bedeutet, wenn jeder Ihrer Mitarbeiter bei auftretenden Problemen von Ihnen Lösungen erwartet – denn Sie sind der Chef. Unternehmer zu sein ist eine Herausforderung, aber wenn Sie innerlich bereits Unternehmer sind, werden Sie trotz fehlender Feiertage und einer Arbeitszeit, die weit länger ist als jene Ihrer Mitarbeiter, diese Lebensform in Ihrem Innersten nicht mehr missen wollen. Sie werden es genießen, von niemandem mehr Anweisungen entgegennehmen zu müssen, Ihre Ideen selbst zu verwirklichen und Chancen aufzugreifen, wo immer sich diese bieten.

Verzeichnis der verwendeten Literatur

Hamel, Gary/Prahalad, C. K: Wettlauf um die Zukunft. Deutsche Ausgabe: Wien 1995

Kirst, Uwe (Hrsg.): Selbständig mit Erfolg. Unternehmensgründung und -führung in der Praxis. 2. Auflage, Köln 1995

Handelsgesetzbuch der Bundesrepublik Deutschland (zitiert nach: Walhalla Textausgaben, Berlin/Bonn/Regensburg 1993 und Beck-Texte im dtv, 26. Auflage, Stand 10. 8. 92)

Madl, Peter: ABC der Geschäftsgründung. 8. Auflage, Wien 1992

Fritz, Christian: Die Gesellschaft mit beschränkter Haftung in der EU. Ein praktischer Leitfaden für die Gründung und Verwaltung in allen Mitgliedsstaaten der EU. Wien 1996

Henderson, Bruce D.: Geht es um Strategie – schlag nach bei Darwin! In: Montgomery/Porter (Hrsg.): Strategie. Wien 1996

Porter, Michael: Wettbewerbsstrategien. In: Montgomery/Porter, a.a.O.

Blackwell, Edward: How to Prepare a Business Plan. London 1993

Szöny: The Business Plan. Unveröffentlichtes Manuskript. Kanada

McKinsey & Company, Inc., u. a.: Qualität gewinnt. Mit

Hochleistungskultur und Kundennutzen an die Weltspitze. Stuttgart 1995
Kropfberger, Dietrich: Erfolgsmanagement statt Krisenmanagement. Strategisches Management in Mittelbetrieben. Linz 1986
Geschka, Horst/Ute von Reibnitz: Die Szenario-Technik – ein Instrument der Zukunftsanalyse und der strategischen Planung. In: Töpfer, Armin/Afheldt, Heik (Hrsg.): Praxis der Strategischen Unternehmensplanung. Landsberg am Lech 1987
Hehenberger, Christian: Die Zukunft fest im Griff. Trends, die unser Leben und die Wirtschaft verändern. Wien 1995
Durö, Robert/Sandström, Björn: Marketing-Kampfstrategien. Landsberg am Lech 1985
Kropfberger, Dietrich: Das Managementsystem als kritischer Erfolgsfaktor in der Unternehmensentwicklung – ein kontingenztheoretischer Ansatz. Unveröffentlichtes Manuskript, Klagenfurt 1996
Kroeber-Riel, Werner: Konsumentenverhalten. 2. Auflage, München 1980
Boehm, Hubertus: Franchising. In: Lexikon der Modernen Wirtschaftspraxis. 3. Band, Weinheim 1984
Köhler und Karas: Franchising. In: New Business, Franchise Spezial, Nr. 2, Guntramsdorf, Mai 1996
Ziegenbein, Klaus: Controlling. Ludwigshafen 1984
Hofmeister, Roman/Stiegler, Harald: Controlling. Linz 1990
Deyhle, Albrecht: Arbeitshandbuch Gewinnmanagement. Landsberg 1985
Hofmeister, Roman: Unternehmenssicherung. Schriftenreihe des Wirtschaftsförderungsinstitutes, Wien 1996

Hofmeister, Roman: Kursbuch: Die richtige Bank. Frankfurt/Main 1998

Verwendete Vorlagen aus den Programmen „Strategic Planner“ und „Corporate Planner“, mit freundlicher Genehmigung der Firmen CP Corporate Planning GmbH, Hamburg/Dr. Hofmeister und Partner GmbH, Salzburg.

Excel-Tabellen erstellt vom Autor.

Anhang

Business Plan der Firma Mustermann GmbH
Einzelhandel mit Textilmoden
Himmelpfort

erstellt von: Erich Neuzeit, in Zusammenarbeit mit CP GmbH, Unternehmensberatung, Hamburg, Juni 1999.

1. Gegenstand des Unternehmens

Die Firma Mustermann GmbH betreibt zwei Modegeschäfte im Zentrum von Himmelpfort und im 20 km entfernten Herzwald. Angeboten werden Oberbekleidungsartikel in gehobener Qualität für Damen, Herren und Kinder.

2. Geschichte der Firma

Das Unternehmen wurde im Jahr 1955 vom Vater des bisherigen Geschäftsinhabers Hans Mustermann in Himmelpfort gegründet und bis 1987 nur an einem Standort geführt. Im Jahr 1975 wurde es von Hans Mustermann übernommen. Die Übernahme erfolgte auf Anraten des Unternehmensberaters in Zusammenarbeit mit dem Steuerberater in der Form, daß eine Ein-Mann-GmbH neu gegründet wurde, welche alle Sachanlagen und das Umlaufvermögen kaufte. Das Firmengebäude verblieb im Privateigentum von Herrn Mustermann sen., der im Jahr 1990 verstarb und seinem Sohn Hans das Haus vererbte.

Nach der Übernahme wurde das gut gehende Geschäft modernisiert und auf eine Verkaufsfläche von 250 m² erweitert. Im Jahr 1987 übernahm Herr Mustermann ein aus einer Betriebsaufgabe stammendes Textilgeschäft in Herzwald, das er komplett erneuern ließ und auf eine Verkaufsfläche von 200 m² vergrößerte. Beide Geschäfte führen das gleiche Sortiment, mit wenigen regional bedingten Veränderungen.

Herr Mustermann will aus Altersgründen (er ist 67 Jahre alt) nunmehr in Pension gehen. Seine Kinder arbeiten außerhalb des Bundesstaates und sind an einer Betriebsübernahme nicht interessiert. Aus diesem Grund hat Herr Mustermann seinen langjährigen Mitarbeitern Erich Neuzeit und Peter Zaghaft, beide derzeit Prokuristen im Unternehmen, angeboten, seine Anteile an der GmbH zu übernehmen. Aus finanziellen Gründen wurde das Angebot in der Form verändert, daß Herr Mustermann nur einen Teil der Anteile abgibt, mit einer Option auf den Kauf der restlichen Anteile innerhalb von 5 Jahren.

3. Rechtsform, Gesellschafter, leitende Mitarbeiter

Die Firma Mustermann bleibt in der derzeitigen Form bestehen, lediglich die Gesellschafter wechseln. Herr Mustermann verkauft 75% seiner Anteile um einen durch Unternehmensbewertung ermittelten Gesamtpreis von € 350.000,— und bleibt mit 25% der Anteile Gesellschafter. 65% der Anteile übernimmt Herr Erich Neuzeit, 10% Herr Peter Zaghaft. Alleingeschäftsführer wird Herr Erich Neuzeit, Herr Peter Zaghaft bleibt Prokurist.

Der Gesellschaftsvertrag soll nach Klärung der Finanzierung des Anteilskaufs mit den im Entwurf beigelegten Änderungen ergänzt werden. Der Handelsregisterauszug (Firmenbuchauszug) ist in Beilage A beigefügt, der Gesellschaftsvertrag und die geplanten Änderungen in Beilage B.

Herr Erich Neuzeit ist 45 Jahre alt, Textilkaufmann, Externabiturient, verheiratet, Vater zweier Kinder (Tochter 16 Jahre alt, Gymnasiastin, Sohn 14 Jahre alt, Schüler, soll ab dem nächsten Jahr als Lehrling ins Unternehmen eintreten). Er ist seit 10 Jahren Mitarbeiter der Firma Mustermann und verfügt über die einschlägige Gewerbeberechtigung. Frau Ingeborg Neuzeit ist Miteigentümerin der Apotheke „Zum Wohlgefühl" in Himmelpfort. Die Ehegatten Neuzeit besitzen ein ausfinanziertes Einfamilienwohnhaus in Himmelpfort, welches aber gemäß Ehevertrag nicht belastet werden darf.

Herr Peter Zaghaft ist 52 Jahre alt, Textilkaufmann, Vater zweier volljähriger Kinder, verheiratet mit Anna, Hausfrau. Er ist Eigentümer eines Reihenhauses in Herzwald, welches noch mit einem Bausparkassenrestfinanzierung in Höhe von ca. € 15.000,— belastet ist. Er trat bereits als Lehrling in die Firma von Herrn Mustermann senior ein. Im Jahr 1989 wurde ihm aufgrund seiner Verdienste beim Aufbau des Geschäftes Herzwald die Prokura verliehen.

4. Standort

Beide Geschäfte sind in zentraler Geschäftslage situiert und haben eine optimale räumliche Gestaltung, wobei allerdings die Erneuerung der Einrichtung unumgänglich ist. In der Planbilanz wurde dafür ein Betrag von rd. €500.000,— angesetzt. Das Geschäft in Himmelpfort verfügt über 30 Kundenparkplätze, weitere Parkmöglichkeiten sind in der Kurzparkzone unmittelbar vor dem Geschäft vorhanden. Die Kunden erhalten die Parkgebühr rückvergütet. In Herzwald sind 20 Kundenparkplätze vorhanden, außerdem ist in unmittelbarer Nähe ein ausreichend großer öffentlicher Parkplatz verfügbar. Die Mitarbeiter beider Geschäfte können über firmeneigene Parkplätze in einer Tiefgarage verfügen.

Eigentümer beider Geschäfte ist Herr Hans Mustermann. Der Mietvertrag ist auf unbestimmte Zeit abgeschlossen und kann seitens Herrn Mustermann nur aus wichtigen, im Vertrag angeführten Gründen gekündigt werden, während dem Mieter ein Kündigungsrecht jeweils zum Ende des Geschäftsjahres mit einjähriger Kündigungsfrist zusteht. Die Nettomiete ohne Betriebskosten ist mit einem Betrag von € 12,— pro m^2 Verkaufsfläche und Monat für Himmelpfort und €10,— pro m^2 Verkaufsfläche und Monat für Herzwald sehr günstig angesetzt und beinhaltet die Nutzung aller Parkplätze.

Herr Mustermann hat sich darüber hinaus bereit erklärt, die erforderlichen Investitionen zur Modernisierung in vollem Ausmaß auf die Miete anzurechnen, so daß in den nächsten Jahren keine Mietzahlungen anfallen werden. Überdies wird der GmbH ein Vorkaufsrecht für beide Liegenschaften eingeräumt. Der Mietvertrag mit den entsprechenden Klauseln, der gleichzeitig mit der Übernahme der Geschäftsanteile unterzeichnet wird, ist als Beilage C beigefügt.

5. Leistungsprogramm

Das Unternehmen ist Spezialist für Oberbekleidung mit folgenden Produktbereichen:

a) Damen: modisch, sportlich, Freizeitlook, Tracht (jeweils in allen gängigen Größen und Zwischengrößen, Übergrößen bei einem Teil des Sortiments auf Bestellung)
b) Herren: Anzüge, Hosen, Sakkos, Hemden, Tracht mit geringerer Sortimentsdichte als bei den Damen
c) Kinder: modisch, Freizeitlook

Die Preisklasse ist der Kaufkraft der Zielgruppen entsprechend im mittleren Bereich angesiedelt, die Qualität der Ware im oberen Durchschnitt. Es werden Waren inländischer und ausländischer Produzenten angeboten.

Erforderliche Änderungen werden rasch (innerhalb von maximal 3 Tagen) und für den Kunden kostengünstig im eigenen Haus durchgeführt. Die Firma hat eine kleine, gut ausgerüstete Änderungsschneiderei, die mit einer Mitarbeiterin besetzt ist und die ihre eigenen Kosten durch die den Kunden verrechneten Änderungspreise knapp deckt. Erforderlichenfalls stehen zwei weitere Mitarbeiterinnen im Werkvertrag zur Verfügung.

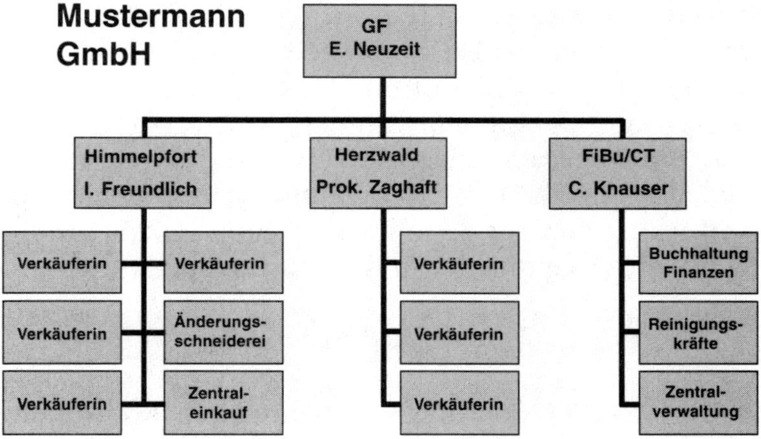

Frau Irene Freundlich, die Leiterin des Hauptgeschäftes Himmelpfort, 40 Jahre alt, arbeitet seit mehr als zehn Jahren im Unternehmen und ist bei Kunden und Mitarbeitern gleichermaßen beliebt und durch ihre Fachkenntnis und den guten Geschmack bei der Auswahl der Produkte anerkannt. Sie führt gemeinsam mit dem Geschäftsführer den Zentraleinkauf durch.

Frau Claudia Knauser, 47 Jahre alt, leitet seit nunmehr 15 Jahren das Finanz- und Rechnungswesens des Unternehmens. Sie hat sich permanent fortgebildet und mit der neuesten Technik vertraut gemacht. Für Buchhaltung und Controlling steht ihr ein leistungsfähiger Personal Computer mit einem Buchhaltungsprogramm zur Verfügung, welches eine Datenüberleitung zum Steuerberater ermöglicht. Die Verbindung zur Hausbank läuft über Electronic Banking. Das Controlling wird derzeit noch mit Hilfe einer Tabellenkalkulation erledigt, Spezialprogramme werden zur Zeit getestet. Im Zug der Modernisierung des Kassensystems wird die Datenüberleitung pro verkauftem Artikel in eine zentrale Datenbank realisiert, so daß in Hinkunft pro Artikel und Artikelgruppe aussagekräftige Daten hinsichtlich Umsatz, Deckungsbeitrag und Lagerumschlag zur Verfügung stehen. Die Ergänzung um ein Logistikprogramm, welches die Artikelverfolgung von der Bestellung bis zum Verkauf ermöglicht, ist zur Zeit noch im Konzeptstadium.

7. Investitionsplanung

Nach Zusage der beantragten Kredite ist die Realisierung eines größeren Investitionsprogramms geplant. Dabei sind folgende Schwerpunkte vorgesehen:

- Instandsetzung der Räumlichkeiten (Böden, Decke, Beleuchtung mit Tageslichtqualität, entspiegelte Auslagenscheiben) – ca. € 300.000,—
- Erneuerung von Teilen der Raumausstattung – ca. € 100.000,—
- technische Ausstattung: Scannerkassen, Personal Computer, entsprechende Software zur Überleitung der Daten ins Controlling – ca. € 100.000,—

Für die wichtigsten Teile des Investitionsprogramms liegen bindende Angebot von Lieferfirmen vor. Den Entwurf unseres Innenarchitekten haben wir in Beilage D beigefügt.

8. Einkaufs- und Lagerplanung

Der Einkauf erfolgt gemeinsam durch Herrn Neuzeit und Frau Freundlich. Herr Zaghaft hat sich lediglich ein Mitspracherecht bei der Gesamtgestaltung vorbehalten, nimmt aber üblicherweise am Besuch der Fachmessen teil. Etwa 50% des Einkaufs werden über Vororder bei Fachmessen getätigt, der Rest nach Präsentation von Kollektionen durch Vertreter und durch Promptkäufe in Modegroßhandelscentern.

Das Einkaufsbudget wird jeweils vor Beginn der Einkaufssaison gemeinsam von Herrn Neuzeit, Frau Freundlich und Herrn Zaghaft festgelegt. Als Basis dient das Umsatzbudget sowie das davon abgeleitete Wareneinsatzbudget. Eine interne Vereinbarung regelt, daß Frau Freundlich die Verwendung von 70% des Einkaufsbudgets bestimmen darf, 20% bestimmen Herr Neuzeit und Herr Zaghaft gemeinsam, der Rest verbleibt als Dispositionsreserve.

Das Lager wird durch vorsichtige Orderpolitik eher niedrig gehalten, was unser Lagerumschlag von etwa 3,6 x pro Jahr beweist. Dazu verweisen wir auf die Kennzahlen in Beilage F. Am Ende der Saison versuchen wir, durch vorsichtige Abverkäufe (keine Schleuderpreise) das Lager praktisch zu leeren. Der verbleibende Rest wird über einen anderen Vertriebsweg (wochenweise gemietete Sonderverkaufsflächen) verkauft, so daß wir nicht durch alte Lagerware belastet sind.

9. Personalplanung

Unser Unternehmen setzt auf Stammpersonal. Alle Mitarbeiter sind jahrelang im Unternehmen beschäftigt und zum Großteil bereits als Lehrlinge in das Unternehmen eingetreten. Nachdem sie durchwegs im Ort wohnen, sind sie auch stark in der Bevölkerung integriert und bieten damit einen unmittelbaren Zugang zu den Kunden, deren Gewohnheiten und Wünsche sie gut kennen. Sie unterziehen sich gerne einer kontinuierlichen Fortbildung, die mit den Schwerpunkten

- Produktwissen
- Verkaufstraining
- Qualitätssicherung

zumindest im Ausmaß von 4 bis 5 Tagen pro Jahr (meist aufgeteilt auf Halbtage) durchgeführt wird. Die technischen Veränderungen wurden immer gerne mitgetragen.

Bisher wurden die Mitarbeiter ausschließlich zeitbezogen entlohnt. Wir planen, nach Einführung der entsprechenden Grundlagen, gemeinsam mit den Mitarbeitern Überlegungen für eine leistungsbezogene Entlohnung auf Deckungsbeitragsbasis zu diskutieren.

Der Personalstand soll von derzeit 12 Mitarbeitern um 2 weitere Mitarbeiter aufgestockt werden, davon 1 Person im Verkauf und 1 Lehrling.

10. Qualitätssicherungssystem

Wir haben uns gemeinsam mit den Mitarbeitern intensiv mit den Qualitätsnormen befaßt und ein Qualitätshandbuch erarbeitet, welches regelmäßig gepflegt wird.

Aus Kostengründen haben wir uns aber entschlossen, uns zunächst noch keiner Zertifizierung zu unterziehen. Den zusammenfassenden Teil unseres Qualitätshandbuchs haben wir in Beilage E beigefügt.

11. Strategiekonzept

Wir sehen uns als regional stark verankerter Fachhandelsbetrieb, der durch die seriös präsentierte, qualitativ überdurchschnittliche Ware bei marktgerechter Preisgestaltung seinen Platz auch gegenüber Großanbietern behaupten kann. Unser Einzugsgebiet ist einerseits zu klein, um für einen Großanbieter wirklich interessant zu sein, andererseits sind auch keine größeren Städte in der Nähe, die zu einem wesentlichen Abwandern der Kaufkraft führen. Es ist uns überdies gelungen, auch für Touristen interessante Angebote zu plazieren. Die nunmehrige Liberalisierung der Ladenöffnungszeiten nutzen wir während der Saison in vollem Ausmaß, wobei wir uns nach den üblichen Einkaufsgewohnheiten der Kunden richten. Überstunden werden im erlaubten Ausmaß durch Zeitausgleich abgegolten.

Im Einzugsgebiet gibt es nur wenige Anbieter, die ein vergleichbares Sortiment führen. Die Mitbewerber haben durchwegs geringere Verkaufsflächen und führen nur Teile unseres Sortiments, wobei sie teilweise Ware mit geringerer Qualität führen, teilweise wesentlich teurere Ware. Keiner unserer Hauptlieferanten ist auch bei Mitbewerbern vertreten.

Unsere strategische Zielsetzung ist das Halten des Marktanteils. Wir werden allerdings attraktive Chancen zur Erweiterung, etwa durch Übernahme von Geschäften, in entsprechender Form nutzen.

Unser Produktprogramm wird permanent untersucht, und wir erarbeiten üblicherweise im Abstand von zwei Jahren ein Portfolio in einer 9-Felder-Matrix mit den Achsen „Marktattraktivität" und „relativer Wettbewerbsvorteil". Die Ergebnisse dieser Analysen werden dann durch eine Marktforschung überprüft. Dazu bedienen wir uns eines Marktforschungsinstitutes. Aufgrund der Ergebnisse der Marktforschung wird das Portfolio neu überarbeitet. Unsere letzten Analysen haben ergeben, daß sich im Bereich der Kindermoden eine sinkende Marktattraktivität und ein Verlust unserer Wettbewerbsstärke zeigt, auf die wir durch Sortimentsänderungen reagieren werden. Die übrigen Sortimentsteile sind in durchwegs zufriedenstellenden Portfoliopositionen angesiedelt. Wir sind gerne bereit, Einblick in unsere letzte strategische Analyse zu gewähren, müssen aber aufgrund des sehr detaillierten Datenmaterials die absolute Vertraulichkeit wahren.

12. Marketingkonzept

Unsere Hauptzielgruppe ist die Mittelstandsfamilie in unserem Einzugsgebiet. Wir haben nach letzten Marktforschungsergebnissen einen Bekanntheitsgrad von 75% und bei jenen Personen, die uns kennen, einen Akzeptanzgrad von mehr als 90%.

Unser Sortiment unterliegt permanenten Prüfungen. Wenig akzeptierte Sortimentsteile werden sofort ausgeschieden. Die Preispolitik baut darauf auf, daß wir aufgrund der vorsichtigen Orderpolitik einen Großteil unseres Sortiments zum normalen Listenpreis verkaufen können, lediglich vermindert um Stammkundenrabatte von 3% bei Einkauf mittels Kundenkarte. Etwa 70% unserer Kunden kaufen mittels Kundenkarte. Da die Abverkaufsrabatte nur relativ gering sind (etwa 30% für 10% des Einkaufswertes), können wir mit einer niedrigen Handelsspanne rechnen. Durch diese Art der Preisgestaltung liegen wir preislich so günstig, daß vergleichbare Ware nirgends erkennbar günstiger angeboten werden kann. Überdies führt unsere gute wirtschaftliche Situation und die prompte Zahlung dazu, daß wir einerseits alle Zahlungsvorteile und Skonti nutzen können, andererseits durch den gezielten Einkauf bei wenigen hochwertigen Lieferanten auch noch Umsatzbonifikationen der Lieferanten lukrieren können.

Unsere Werbung wird einmal jährlich geplant, zielorientiert budgetiert und in einem Streuplan dargestellt, der jedem Mitarbeiter/jeder Mitarbeiterin vorliegt. Vor der Streuung von Werbemitteln werden alle Mitarbeiter über die geplante Werbung informiert. Bei den Werbemitteln haben wir uns im wesentlichen auf Flugblätter beschränkt, welche etwa einmal monatlich jeweils mit besonderen Produktangeboten und interessanten Modeinformationen verteilt werden. Das Layout ist so gestaltet, daß wir erfahrungsgemäß mit hoher Wirkung rechnen können. Gelegentlich ergänzen wir den Anreiz durch ein Preisausschreiben. Für Kinder haben wir kleine Displayartikel mit Werbeaufdruck vorgesehen. Darüber hinaus wird gelegentlich in regionalen Zeitungen und im regionalen Rundfunk geworben. Unsere Auslagen sind verkaufswirksam gestaltet, und wir verändern wöchentlich die Präsentation in den Auslagen.

13. Bilanzsituation

Zur Darstellung der Bilanzsituation fügen wir die Jahresabschlüsse der Firma Mustermann GmbH für die letzten drei Jahre bei (Beilage G).

14. Prognoserechnungen

Beilage F enthält alle Prognoserechnungen für die Jahre 2000 bis 2002 im Detail. In der Prognoserechnung für 2000 heißt „Vorjahr" 1999, „aktuelles Jahr" 2000. Wir wollen an dieser Stelle lediglich einige wesentliche Aspekte hervorheben:

Wir planen aufgrund der Strukturuntersuchung unseres Unternehmens und der voraussehbaren Entwicklung für 2001 einen Nettoumsatz von € 5,1 Mio. und ein Unternehmensergebnis von € 196.000,—. Der Mindestumsatz lt. Break-even-Analyse (siehe Diagramm und Zahlendarstellung in Beilage F) liegt bei lediglich € 4,2 Mio., d. h., wir können mit einer Sicherheitsspanne von rd. 17% rechnen.

Unsere Kennzahlen (siehe Beilage F) liegen durchwegs besser als die Durchschnittswerte unserer Branche. Die Investitionen werden zwar unseren Kapitalumschlag und damit unseren Return-On-Investment verschlechtern, wir rechnen aber mit Umsatzsteigerungen, die wir aus Vorsichtsgründen noch nicht angesetzt haben.

15. Zusammenfassung

Die Übernahme der Anteile von Herrn Mustermann sichert die Fortführung und Modernisierung des renommierten und erfolgreichen Unternehmens. Die Weiterbeschäftigung aller Mitarbeiter, die Fortführung der erfolgreichen Unternehmensstrategien und Führungsmethoden, das bewährte, permanenter Revision unterworfene Marketingkonzept, die gute technische Ausstattung im Bereich Verwaltung, Finanzbuchhaltung und Controlling und die damit vorhandene aussagekräftige Datenbasis sichern nach unserer Überzeugung die Erfolgsfaktoren des Unternehmens auch in der Zukunft.

Beilagen

A) Handelsregisterauszug*
B) Gesellschaftsvertrag*
C) Mietvertrag*
D) Plan des Innenarchitekten*
E) Qualitätshandbuch*
F) Prognosedaten (Planbilanz, Leistungsbudget, Finanzplan, Kennzahlen, Break-Even-Analyse)
G) Bilanzen der Firma Mustermann GmbH für die letzten 3 Geschäftsjahre*

* im Buch nicht ausgeführt

Break-even-Analyse

Jan 2000 – Dez 2000

Business Plan, Mustermann GmbH

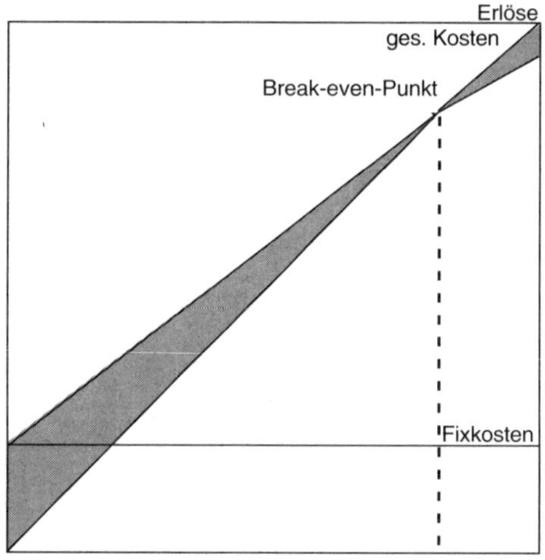

	Budget
Preis	
Menge	
Erlöse (Nettoumsatz)	5.100.000
- variable Kosten	3.975.000
= DB 1 (Deckungsbeitrag 1)	1.125.000
- ausgabenwirksame Fixkosten	859.000
= DB 2 (‚Cash-flow')	266.000
- nicht ausgabenwirksame Fixkosten	70.000
= Betriebsergebnis (Ord. Ergebnis 1)	196.000
+ neutrales Ergebnis	
= Unternehmensergebnis (Ord. Erg. 2)	196.000
Umsatzrentabilität	3,84%
Cash-flow-Punkt	3.894.133
Mindestumsatz (Break-even)	4.211.467
Mindestumsatzmenge (Break-even)	
Sicherheitsspanne	17,42%

C:\CP\MUST_G2.CPD

MUSTERMANN GMBH – Überblick **Januar 1999 – Dezember 1999**

Bilanz

	Vorjahr	aktuelles Jahr	Budget	in % Bil.Summe Vorjahr	in % Bil.Summe aktuel. Jahr	in % Bil. Summe Budget
BILANZ						
Aktiva						
Anlagevermögen	376,0	841,0	891,0	24,51%	37,87%	37,80%
Immaterielle Anlagen	0,0	0,0	0,0	0,00%	0,00%	0,00%
Sachanlagen	376,0	841,0	891,0	24,51%	37,87%	37,80%
Finanzanlagen	0,0	0,0	0,0	0,00%	0,00%	0,00%
Umlaufvermögen	1.158,0	1.380,0	1.466,0	75,49%	62,13%	62,20%
davon: Vorräte	937,0	1.140,0	1.190,0	61,08%	51,33%	50,49%
davon: Kundenforderungen	164,0	183,0	208,0	10,69%	8,24%	8,82%
BILANZSUMME	1.534,0	2.221,0	2.357,0	100,00%	100,00%	100,00%
Passiva						
wirtschaftliches Eigenkapital	204,0	258,0	373,0	13,30%	11,62%	15,83%
haftendes Eigenkapitalnetto	204,0	258,0	373,0	13,30%	11,62%	15,83%
langfr. Fremdkapital	503,0	708,0	708,0	32,79%	31,88%	30,04%
Pensionsrückstellungen	0,0	0,0	0,0	0,00%	0,00%	0,00%
langfristiges Kapital	707,0	966,0	1.081,0	46,09%	43,49%	45,86%
mittelfristiges FK	59,0	80,0	80,0	3,85%	3,60%	3,39%
kurzfristiges FK	756,0	1.160,0	1.160,0	49,28%	52,23%	49,22%
davon: Kreditinstitute	147,0	424,0	424,0	9,58%	19,09%	17,99%
davon: Lieferanten	526,0	672,0	672,0	34,29%	30,26%	28,51%
BILANZSUMME	1.534,0	2.221,0	2.357,0	100,00%	100,00%	100,00%

MUSTERMANN GMBH – Überblick | **Januar 2000 – Dezember 2000**

Bilanz

	Vorjahr	aktuelles Jahr	Budget	in % Bil.Summe Vorjahr	in % Bil.Summe aktuel.Jahr	in % Bil.Summe Budget
BILANZ						
Aktiva						
Anlagevermögen	841,0	891,0	947,0	37,87%	37,80%	37,94%
immaterielle Anlagen	0,0	0,0	0,0	0,00%	0,00%	0,00%
Sachanlagen	841,0	891,0	947,0	37,87%	37,80%	37,94%
Finanzanlagen	0,0	0,0	0,0	0,00%	0,00%	0,00%
Umlaufvermögen	1.380,0	1.466,0	1.549,0	62,13%	62,20%	62,06%
davon: Vorräte	1.140,0	1.190,0	1.230,0	51,33%	50,49%	49,28%
davon: Kundenforderungen	183,0	208,0	238,0	8,24%	8,82%	9,54%
BILANZSUMME	2.221,0	2.357,0	2.496,0	100,00%	100,00%	100,00%
Passiva						
wirtschaftliches Eigenkapital	258,0	373,0	492,0	11,62%	15,83%	19,71%
haftendes Eigenkapital netto	258,0	373,0	492,0	11,62%	15,83%	19,71%
langfr. Fremdkapital	708,0	708,0	708,0	31,88%	30,04%	28,37%
Pensionsrückstellungen	0,0	0,0	0,0	0,00%	0,00%	0,00%
langfristiges Kapital	966,0	1.081,0	1.200,0	43,49%	45,86%	48.08%
mittelfristiges FK	80,0	80,0	80,0	3,60%	3,39%	3,21%
kurzfristiges FK	1.160,0	1.160,0	1.160,0	52,23%	49,22%	46,47%
davon: Kreditinstitute	424,0	424,0	424,0	19,09%	17,99%	16,99%
davon: Lieferanten	672,0	672,0	672,0	30,26%	28,51%	26,92%
BILANZSUMME	2.221,0	2.357,0	2.496,0	100,00%	100,00%	100,00%

MUSTERMANN GMBH **Januar 2000 – Dezember 2000**

Kennzahlen-Überblick

	Vorjahr	aktuelles Jahr	Budget
ERFOLGSKENNZAHLEN			
Gesamtkapitalverzinsung	15,13	14,21	13,66
Umsatzrentabilität	4,82	4,45	4,20
Betriebsrentabilität	4,17	3,84	3,64
Cash-flow-Rate	6,24	5,82	5,65
Rohertragsquote	21,73	22,06	21,82
Personalaufwandsquote	8,17	8,82	8,91
Abschreibungsaufwandsquote	1,36	1,37	1,45
Mietaufwandsquote	0,42	0,45	0,47
Zinsaufwandsquote	1,36	1,37	1,45
Umsatz je Beschäftigten	397.750,00	364.285,71	366.666,67
Pro-Kopf-Ertrag	86.416,67	80.357,14	80.000,00
FINANZIERUNGS- UND LIQUIDITÄTSKENNZAHLEN			
kurzfristige Liquidität	11,68	13,26	15,15
dynamischer Verschuldungsgrad	6,59	6,61	6,31
Debitorenlaufzeit	13,80	14,68	15,58
Kreditorenlaufzeit	64,75	60,86	56,26
Lagerdauer in Tagen	109,85	107,77	102,98
BILANZSTRUKTURKENNZAHLEN			
kurzfristige Verschuldung in %	52,23	49,22	46,47
Anlagenintensität	37,87	37,80	37,94
kurzfristige Verschuldung in %	52,23	49,22	46,47
SONSTIGE KENNZAHLEN			
Gesamtkapitalumschlag	2,15	2,16	2,20
Investitionsquote	11,10	2,35	2,47
Sachabschreibungsquote	7,73	7,86	8,45
Selbstfinanzierungsquote	56,23	247,50	228,68
ROI Return-On-Investment	10,36	9,63	9,25

MUSTERMANN GMBH **Januar 1999 – Dezember 1999**

G.+V.-Rechnung – Gesamtkostenverfahren

	Vorjahr	aktuelles Jahr	Budget	in % Bil.Summe Vorjahr	in % Bil.Summe aktuel.Jahr	in % Bil.Summe Budget
Nettoumsatz	3.740,0	4.773,0	5.100,0	243,81%	214,90%	216,38%
Gesamtleistung	3.740,0	4.773,0	5.100,0	243,81%	214,90%	216,38%
Teil-Betriebsergebnis	143,0	199,0	196,0	9,32%	8,96%	8,32%
Zinsergebnis	0,0	0,0	0,0	0,00%	0,00%	0,00%
Betriebsergebnis	174,0	230,0	227,0	11,34%	10,36%	9,63%
Beteiligungsergebnis	0,0	0,0	0,0	0,00%	0,00%	0,00%
neutrales Ergebnis	-1,0	-4,0	0,0	-0,07%	-0,18%	0,00%
Leistungen an Gesellschafter	0,0	0,0	0,0	0,00%	0,00%	0,00%
-EE-Steuern	10,0	12,0	12,0	0,65%	0,54%	0,51%
Ergebnis	163,0	214,0	215,0	10,63%	9,64 %	9,12%

MUSTERMANN GMBH **Januar 96 – Dezember 96**

Cash-flow-Ermittlung

Betriebsergebnis	174,0	230,0	227,0	11,34%	10,36%	9,63%
planmäßige Abschreibungen	33,0	65,0	70,0	2,15%	2,93%	2,97%
Erhöh. langfr. Rückstellungen	2,0	3,0	0,0	0,13%	0,14%	0,00%
Cash-flow	209,0	298,0	297,0	13,62%	13,42%	12,60%
Investitionen	20,0	496,0	50,0	1,30%	22,33%	2,12%
Überschuß/Fehlbetrag	189,0	-198,0	247,0	12,32%	-8,91%	10,48%

MUSTERMANN GMBH — **Januar 2000 – Dezember 2000**

G.+V.-Rechnung – Gesamtkostenverfahren

	Vorjahr	aktuelles Jahr	Budget	in % Bil.Summe Vorjahr	in % Bil.Summe aktuel.Jahr	in % Bil.Summe Budget
Nettoumsatz	4.773,0	5.100,0	5.500,0	214,90%	216,38%	220,35%
Gesamtleistung	4.773,0	5.100,0	5.500,0	214,90%	216,38%	220,35%
Teil-Betriebsergebnis	199,0	196,0	200,0	8,96%	8,32%	8,01%
Zinsergebnis	0,0	0,0	0,0	0,00%	0,00%	0,00%
Betriebsergebnis	230,0	227,0	231,0	10,36%	9,63%	9,25%
Beteiligungsergebnis	0,0	0,0	0,0	0,00%	0,00%	0,00%
neutrales Ergebnis	-4,0	0,0	0,0	-0,18%	0,00%	0,00%
Leistungen an Gesellschafter	0,0	0,0	0,0	0,00%	0,00%	0,00%
- EE-Steuern	12,0	12,0	12,0	0,54%	0,51%	0,48%
Ergebnis	214,0	215,0	219,0	9,64 %	9,12%	8,77%

MUSTERMANN GMBH — **Januar 97 – Dezember 97**

Cash-flow-Ermittlung

Betriebsergebnis	230,0	227,0	231,0	10,36%	9,63%	9,25%
planmäßige Abschreibungen	65,0	70,0	80,0	2,93%	2,97	3,21%
Erhöh. langfr. Rückstellungen	3,0	0,0	0,0	0,14%	0,00%	0,00%
Cash-flow	298,0	297,0	311,0	13,42%	12,60%	12,46%
Investitionen	496,0	50,0	40,0	22,33%	2,12%	1,60%
Überschuß/Freibetrag	-198,0	247,0	271,0	-8,91%	10,48%	10,86%

MUSTERMANN GMBH – Gesamtkostenverfahren **Januar 2000 – Dezember 2000**

in Tsd. €	Vorjahr	von Brutto-umsatz in %	aktuelles Jahr	von Brutto-umsatz in %	Veränderung zum Vorjahr	Veränderung z. Vorjahr in %	Budget	von Brutto-umsatz in %
Bruttoumsatz	4.773,0	100,00%	5.100,0	100,00%	327,0	6,85%	5.500,0	100,00%
Erlösschmälerung	0,0	0,00%	0,0	0,00%	0,0	0,00%	0,0	0,00%
Nettoumsatz	4.773,0	100,00%	5.100,0	100,00%	327,0	6,85%	5.500,0	100,00%
Bestandsveränd.	0,0	0,00%	0,0	0,00%	0,0	0,00%	0,0	0,00%
andere aktive Leistungen	0,0	0,00%	0,0	0,00%	0,0	0,00%	0,0	0,00%
Gesamtleistung	4.773,0	100,00%	5.100,0	100,00%	327,0	6,85%	5.500,0	100,00%
Materialaufwand	3.736,0	78,27%	3.975,0	77,94%	239,0	6,40%	4.300,0	78,18%
Rohertrag	1.037,0	21,73%	1.125,0	22,06%	88,0	8,49%	1.200,0	21,82%
Personalaufwand	390,0	8,17%	450,0	8,82%	60,0	15,38%	490,0	8,91%
planmäßige Abschreibungen	65,0	1,36%	70,0	1,37%	5,0	7,69%	80,0	1,45%
Betriebssteuern	0,0	0,00%	0,0	0,00%	0,0	0,00%	0,0	0,00%
Miet- und Leasingangebot	20,0	0,42%	23,0	0,45%	3,0	15,00%	26,0	0,47%
davon: für Mobilien	14,0	0,29%	16,0	0,31%	2,0	14,29%	18,0	0,33%
davon: für Immobilien	6,0	0,13%	7,0	0,14%	1,0	16,67%	8,0	0,15%
KFZ-Aufwand	18,0	0,38%	20,0	0,39%	2,0	11,11%	22,0	0,40%
Werbeaufwand	77,0	1,61%	80,0	1,57%	3,0	3,90%	84,0	1,53%
Vertriebsaufwand	0,0	0,00%	0,0	0,00%	0,0	0,00%	0,0	0,00%
Fremdrepar., Instandhaltung	65,0	1,36%	72,0	1,41%	7,0	10,77%	77,0	1,40%
sonst. Betriebsaufwand	97,0	2,03%	106,0	2,08%	9,0	9,28%	111,0	2,02%
Aufwendungen	773,0	16,20%	859,0	16,84%	86,0	11,13%	920,0	16,73%
Teil-Betriebsergebnis	199,0	4,17%	196,0	3,84%	-3,0	-1,51%	200,0	3,64%
Zinserträge	0,0	0,00%	0,0	0,00%	0,0	0,00%	0,0	0,00%
Zinsaufwand	106,0	2,22%	108,0	2,12%	2,0	1,89%	110,0	2,00%
Zinsergebnis	0,0	0,00%	0,0	0,00%	0,0	0,00%	0,0	0,00%
Betriebsergebnis	230,0	4,82%	227,0	4,45%	-3,0	-1,30%	231,0	4,20%

MUSTERMANN GMBH – Gesamtkostenverfahren **Januar 2000 – Dezember 2000**

in Tsd. €	Vorjahr	von Bruttoumsatz in %	aktuelles Jahr	von Bruttoumsatz in %	Veränderung zum Vorjahr	Veränderung z. Vorjahr in %	Budget	von Bruttoumsatz in %
Übertrag: Betriebsergebnis	230,0	4,82%	227,0	4,45%	-3,0	-1,30%	231,0	4,20%
Beteiligungsergebnis	0,0	0,00%	0,0	0,00%	0,0	0,00%	0,0	0,00%
neutr. Erträge	4,0	0,08%	0,0	0,00%	-4,0	-100,00%	0,0	0,00%
neutr. Aufwand	8,0	0,17%	0,0	0,00%	-8,0	-100,00%	0,0	0,00%
neutrales Ergebnis	-4,0	-0,08%	0,0	0,00%	4,0	100,00%	0,0	0,00%
Leistungen an Gesellschafter	0,0	0,00%	0,0	0,00%	0,0	0,00%	0,0	0,00%
-EE-Steuern	12,0	0,25%	12,0	0,24%	0,0	0,00%	12,0	0,22%
Ergebnis	214,0	4,48%	215,0	4,22%	1,0	0,47%	219,0	3,98%
- Privatentnahmen	100,0	2,10%	100,0	1,96%	0,0	0,00%	100,0	1,82%
+ Kapitaleinlagen	0,0	0,00%	0,0	0,00%	0,0	0,00%	0,0	0,00%
+/- Sonst. EK-Veränd.	-60,0	-1,26%	0,0	0,00%	60,0	100,00%	0,0	0,00%
EK-Veränderung	54,0	1,13%	115,0	2,25%	61,0	112,96%	119,0	2,16%
Betriebsergebnis	230,0	4,82%	227,0	4,45%	-3,0	-1,30%	231,0	4,20%
AfA	65,0	1,36%	70,0	1,37%	5,0	7,69%	80,0	1,45%
Veränderng langfristige Rücks.	3,0	0,06%	0,0	0,00%	-3,0	-100,00%	0,0	0,00%
Cash-flow	298,0	6,24%	297,0	5,82%	-1,0	-0,34%	311,0	5,65%
Investitionen	496,0	10,39%	50,0	0,98%	-446,0	-89,92%	40,0	0,73%
Überschuß/Fehlbetrag	-198,0	-4,15%	247,0	4,84%	445,0	224,75%	271,0	4,93%

Muster GmbH – Finanzplan — **Januar 2000 – Dezember 2000**

in €	Januar	Februar	März	April	Mai	Juni	Juli	August	Sept.	Okt.	Nov.	Dez.	Gesamt
Finanzen													
Jahresüberschuß aus Erfolg	19,2	19,2	19,2	19,2	19,2	-55,8	94,2	94,2	-55,8	94,2	-55,8	19,2	230,0
AfA	5,4	5,4	5,4	5,4	5,4	5,4	5,4	5,4	5,4	5,4	5,4	5,4	65,0
Rückstellungen	0,3	0,3	0,3	0,3	0,3	0,3	0,3	0,3	0,3	0,3	0,3	0,3	3,0
Entnahmen													
Einlagen													
Finanzmittel	24,8	24,8	24,8	24,8	24,8	-50,2	99,8	-50,2	99,8	-50,2	24,8	298,0	
Investitionen	-41,3	-41,3	-41,3	-41,3	-41,3	-41,3	-41,3	-41,3	-41,3	-41,3	-41,3	-41,3	-496,0
Überschuß/Fehlbetrag	-16,5	-16,5	-16,5	-16,5	-16,5	-91,5	58,5	58,5	-91,5	58,5	-91,5	-16,5	-198,0
Liquidität													
Forderungen an Kunden	165,6	167,2	168,7	170,3	171,9	173,5	175,1	176,7	178,2	179,8	181,4	183,0	183,0
sonstige Forderungen	57,0	57,0	57,0	57,0	57,0	57,0	57,0	57,0	57,0	57,0	57,0	57,0	57,0
Wertpapiere	0,0	0,0	0,0	0,0	0,0	0,0	0,0	0,0	0,0	0,0	0,0	0,0	0,0
flüssige Mittel	0,0	0,0	0,0	0,0	0,0	0,0	0,0	0,0	0,0	0,0	0,0	0ß,0	0,0
Forderungen an nahestehende	0,0	0,0	0,0	0,0	0,0	0,0	0,0	0,0	0,0	0,0	0,0	0,0	0,0
Vorräte Erzeugnisse	953,9	970,8	987,7	1.004,7	1.021,7	1.038,5	1.055,4	1.072,3	1.089,2	1.106,2	1.123,1	1.140,0	1.140,0
Umlaufvermögen	1.176,5	1.195,0	1.213,5	1.232,0	1.250,5	1.269,0	1.287,5	1.306,0	1.324,5	1.343,0	1.361,5	1.380,0	1.380,0
Zugang Umlaufvermögen	18,5	18,5	18,5	18,5	18,5	18,5	18,5	18,5	18,5	18,5	18,5	18,5	222,0
Abgang Umlaufvermögen	0,0	0,0	0,0	0,0	0,0	0,0	0,0	0,0	0,0	0,0	0,0	0,0	0,0
Liquiditätsübersicht													
Finanzen	-16,5	-16,5	-16,5	-16,5	-16,5	-91,5	58,5	58,5	-91,5	58,5	-91,5	-16,5	-198,0
Umlaufvermögen	-18,5	-18,5	-18,5	-18,5	-18,5	-18,5	-18,5	-18,5	-18,5	-18,5	-18,5	-18,5	-222,0
Fremdkapital	52,8	52,8	52,8	52,8	52,8	52,8	52,8	52,8	52,8	52,8	52,8	52,8	633,0
Liquiditätsentwicklung	-50,7	-50,7	-50,7	-50,7	-50,7	-125,7	24,3	24,3	-125,7	24,3	-125,7	-50,7	-609,0
Bankkonten	136,3	85,5	34,8	-16,0	-66,7	-192,5	-168,2	-144,0	-269,7	-245,5	-371,2	-422,0	-1.639,5

Muster GmbH – Finanzplan | **Januar 2000 – Dezember 2000**

in €	Januar	Februar	März	April	Mai	Juni	Juli	August	Sept.	Okt.	Nov.	Dez.	Gesamt
Finanzen													
Jahresüberschuß aus Erfolg	18,9	18,9	18,9	18,9	18,9	18,9	18,9	18,9	18,9	18,9	18,9	18,9	227,0
AfA	5,8	5,8	5,8	5,8	5,8	5,8	5,8	5,8	5,8	5,8	5,8	5,8	70,0
Rückstellungen	0,0	0,0	0,0	0,0	0,0	0,0	0,0	0,0	0,0	0,0	0,0	0,0	0,0
Entnahmen													
Einlagen													
Finanzmittel	24,7	24,7	24,7	24,7	24,7	24,7	24,7	24,7	24,7	24,7	24,7	24,7	297,0
Investitionen	-4,2	-4,2	-4,2	-4,2	-4,2	-4,2	-4,2	-4,2	-4,2	-4,2	-4,2	-4,2	-50,0
Überschuß/Fehlbetrag	20,6	20,6	20,6	20,6	20,6	20,6	20,6	20,6	20,6	20,6	20,6	20,6	247,0
Liquidität													
Forderungen an Kunden	185,1	187,2	189,2	191,3	193,4	195,5	197,6	199,7	201,8	203,8	205,9	208,0	208,0
sonstige Forderungen	57,9	58,8	59,7	60,7	61,6	62,5	63,4	64,3	65,2	66,2	67,1	68,0	68,0
Wertpapiere	0,0	0,0	0,0	0,0	0,0	0,0	0,0	0,0	0,0	0,0	0,0	0,0	0,0
flüssige Mittel	0,0	0,0	0,0	0,0	0,0	0,0	0,0	0,0	0,0	0,0	0,0	0,0	0,0
Forderungen an nahestehende	0,0	0,0	0,0	0,0	0,0	0,0	0,0	0,0	0,0	0,0	0,0	0,0	0,0
Vorräte Erzeugnisse	1.144,2	1.148,3	1.152,5	1.156,7	1.160,8	1.165,0	1.169,2	1.173,3	1.177,5	1.181,7	1.185,8	1.190,0	1.190,0
Umlaufvermögen	1.387,2	1.394,3	1.401,5	1.408,7	1.415,8	1.423,0	1.430,2	1.437,3	1.444,5	1.451,7	1.458,8	1.466,0	1.466,0
Zugang Umlaufvermögen	7,2	7,2	7,2	7,2	7,2	7,2	7,2	7,2	7,2	7,2	7,2	7,2	86,0
Abgang Umlaufvermögen	0,0	0,0	0,0	0,0	0,0	0,0	0,0	0,0	0,0	0,0	0,0	0,0	0,0
Liquiditätsbericht													
Finanzen	20,6	20,6	20,6	20,6	20,6	20,6	20,6	20,6	20,6	20,6	20,6	20,6	247,0
Umlaufvermögen	-7,2	-7,2	-7,2	-7,2	-7,2	-7,2	-7,2	-7,2	-7,2	-7,2	-7,2	-7,2	-86,0
Fremdkapital	0,0	0,0	0,0	0,0	0,0	0,0	0,0	0,0	0,0	0,0	0,0	0,0	0,0
Liquiditätsentwicklung	27,7	27,7	27,7	27,7	27,7	27,7	27,	27,7	27,7	27,7	27,7	27,7	333,0
Bankkonten	-394,2	-366,5	-338,7	-311,0	-283,2	-255,5	-227,7	-200,0	-172,2	-144,5	-116,7	-89,0	-2.899,5

BEWEGUNGSBILANZ	MUSTERMANN GMBH		Januar 2000 – Dezember 2000		
in Tsd. €	Vorjahr	ist	I.V.H.	Budget	%-Abw.
Übersicht Mittelverwendung					
Kapitalbedarf	869,0	318,0	100,00%	331,0	4,09%
Erhöhung der Aktiva/Vermögenszuwachs					
immaterielle Anlagen	0,0	0,0	0,00%	0,0	0,00%
Sachinvestitionen	530,0	120,0	37,74%	136,0	13,33%
Finanzanlagen	0,0	0,0	0,00%	0,0	0,00%
Erhöhung Anlagevermögen	530,0	120,0	37,74%	136,0	13,33%
Vorräte	203,0	50,0	15,72%	40,0	-20,00%
Forderungen aus L.u.L.	19,0	25,0	7,86%	30,0	20.00%
Forderungen an nahest. U.	0,0	0,0	0,00%	0,0	0,00%
Wertpapiere	0,0	0,0	0,00%	0,0	0,00%
flüssige Mittel	0,0	0,0	0,00%	0,0	0,00%
sonstiges UV	0,0	11,0	3,46%	13,0	18,18%
Erhöhung Umlaufvermögen	222,0	86,0	27,04%	83,0	-3,49%
Vermögenszuwachs	752,0	206,0	64,78%	219,0	6,31%
Verminderung Verbindlichkeiten/Mittelabfluß					
erhaltene Anzahlungen	0,0	0,0	0,00%	0,0	0,00%
verm. Verbindlichk. a. L.u.L.	0,0	0,0	0,00%	0,0	0,00%
Wechselverbindlichkeiten	0,0	0,0	0,00%	0,0	0,00%
Kredite von Kreditinstituten	0,0	0,0	0,00%	0,0	0,00%
Verm. Verb. geg. nahest. Untern.	0,0	0,0	0,00%	0,0	0,00%
Verm. Sonst. Verbindlichkeiten	5,0	0,0	0,00%	0,0	0,00%
Vermind. Verbindlichkeiten	5,0	0,0	0,00%	0,0	0,00%
Verm. Pensionsrückstellungen					
SOPO mit RL-Anteil (50%)	0,0	0,0	0,00%	0,0	0,00%
Verm. sonst. Rückstellungen	0,0	0,0	0,00%	0,0	0,00%
Cash-flow (neg)	0,0	0,0	0,00%	0,0	0,00%
Entnahmen/Ausschüttungen	100,0	100,0	31,45%	100,0	0,00%
Leistungen an Gesellschafter	0,0	0,0	0,00%	0,0	0,00%
EE-Steuern	12,0	12,0	3,77%	12,0	0,00%

BEWEGUNGSBILANZ	MUSTERMANN GMBH		Januar 2000 – Dezember 2000		
in Tsd. €	Vorjahr	Ist	I.V.H.	Budget	%-.Abw.
Übersicht Mittelherkunft					
Mittelherkunft/Kapitalzufluß	869,0	318,0	100,00%	331,0	4,09%
Mittelzufluß					
Cash-flow vor EE-Steuern	298,0	297,0	93,40%	311,0	4,71%
A.O. Abschreib. Sachanlagen	0,0	0,0	0,00%	0,0	0,00%
Erhöh. Pensionsrückstellung	0,0	0,0	0,00%	0,0	0,00%
sonst. Erhöh. Rückstellungen	10,0	0,0	0,00%	0,0	0,00%
Erhöhung SOPO	0,0	0,0	0,00%	0,0	0,00%
abgänge Anlagevermögen					
Abgang Anlagen	0,0	0,0	0,00%	0,0	0,00%
Abnahme Umlaufvermögen					
Vorräte	0,0	0,0	0,00%	0,0	0,00%
Verm. Forderungen a. L.u.L.	0,0	0,0	0,00%	0,0	0,00%
Verm. Forder. a. nahest. U.	0,0	0,0	0,00%	0,0	0,00%
Wertpapiere	0,0	0,0	0,00%	0,0	0,00%
flüssige Mittel	0,0	0,0	0,00%	0,0	0,00%
sonstiges UV	0,0	0,0	0,00%	0,0	0,00%
Verminderung UV	0,0	0,0	0,00%	0,0	0,00%
Erhöhung der Passiva					
Kapitaleinlagen	0,0	0,0	0,00%	0,0	0,00%
Anzahlungen	0,0	0,0	0,00%	0,0	0,00%
Erh. Verbindlichkeiten a. L.u.L.	146,0	0,0	0,00%	0,0	0,00%
Wechselverbindlichkeiten	0,0	0,0	0,00%	0,0	0,00%
Kredite von Kreditinstituten	482,0	0,0	0,00%	0,0	0,00%
Erhöh. Verb. ggü. nahest. U.	0,0	0,0	0,00%	0,0	0,00%
sonst. Verbindl.	0,0	0,0	0,00%	0,0	0,00%
Erhöhung Verbindlichkeiten	628,0	0,0	0,00%	0,0	0,00%
sonst. Mittelzufluß	-67,0	21,0	6,60%	20,0	-4,76%
Außenfinanzierung	561,0	21,0	6,60%	20,0	-4,76%

BEWEGUNGSBILANZ	MUSTERMANN GMBH		Januar 2000 – Dezember 2000		
in Tsd. €	Vorjahr	Ist	I.V.H.	Budget	%-Abw.
WORKING CAPITAL					
Umlaufvermögen	222,0	86,0	27,04%	83,0	-3,49%
kurzfristige Verbindlichkeiten	-623,0	-0,0	-0,00%	-0,0	-0,00%
Working Capital	-401,0	86,0	27,04%	83,0	-3,49%

Break-even-Analyse

Business Plan, Mustermann GmbH

Jan 98 – Dez 98

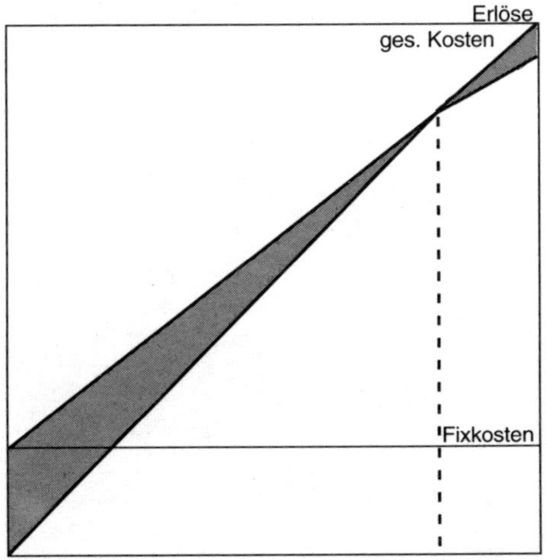

	Ist
Preis	
Menge	
	3.740.000
- variable Kosten	2.901.000
= DB 1 (Deckungsbeitrag 1)	839.000
	645.000
	194.000
- nicht ausgabenwirksame Fixkosten	33.000
	161.000
	161.000
Umsatzrentabilität	4,30%
Cash-flow-Punkt	2.875.209
Mindestumsatz (Break-even)	3.022.312
Mindestumsatzmenge (Break-even)	
Sicherheitsspanne	19,19%

CP\MUST_G2.CPD

Businessplanung

Zeitschiene

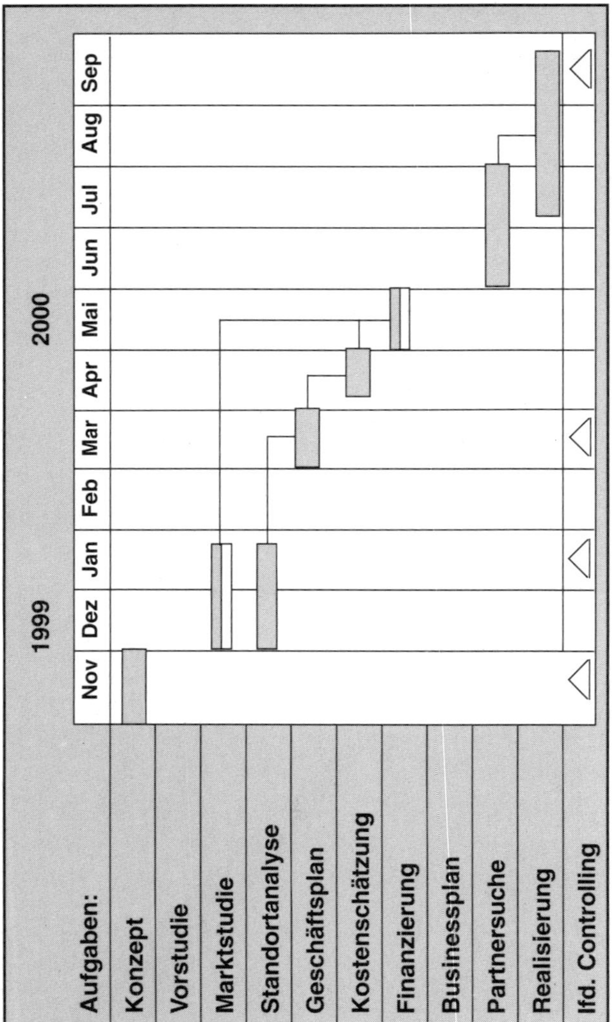

Jahresbudget												
Periode:												
Jän.	Feb.	März	April	Mai	Juni	Juli	Aug.	Sep.	Okt.	Nov.	Dez.	Jahr
	Plan	Plan	Plan	Plan	Plan	Plan	Plan	Plan	Plan	Plan	Plan	Plan
Leistungserlöse												
Handelserlöse												
sonst. Erträge/Export												
Mieterträge												
Erlösschmälerung												
Bestandsänderungen												
Betriebsleistung = Summe (Leistungserlöse bis Mieterträge)												
abzgl. Erlösschmälerung +/- Bestandsänderung												
Mat. Kosten/WES												
WES Handel												
Fremdleistungen												
Prov. selbst. Vertr.												
sonst. Einzelkosten												
Vorleistungskosten = Summe (Mat. kosten bis sonst. Einzelkosten)												
Deckungsbeitrag 1 = Betriebsleistung abzg. Vorleistungskosten												
Personalkosten												
Geschäftsführgaufw.												
Reisekosten												
Kfz-Kosten												
Sachversicherungen												
Steuern/Abgaben												
Porto, Tel., FS, Fax												
Bürobedarf												
Mieten/Pacht Raum												
Instandhaltungen												
Wasser, Strom, Hzg.												
Rechts-/Ber. Kosten												
Werbung/Messen												
GWG												
sonst. Aufwand												
ausgabenw. Gemeink. = Summe (Personalkosten bis sonst. Aufwand)												
Erg. vor Finanzierung = Deckungsbeitrag 1 abzgl. ausgabenwirksame Gemeinkosten												
Finanzierungskosten												
Leasingraten												
Erg. vor AfA = Ergebnis vor Finanzierung abzgl. Finanzierungskosten abzgl. Leasing												
AfA												
Betriebsergebnis = Ergebnis vor AfA abzgl. AfA												
a.o. Erträge												
a.o. Aufwände												
Unternehmensergebnis = Betriebsergebnis plus a.o. Erträge minus a.o. Aufwände												

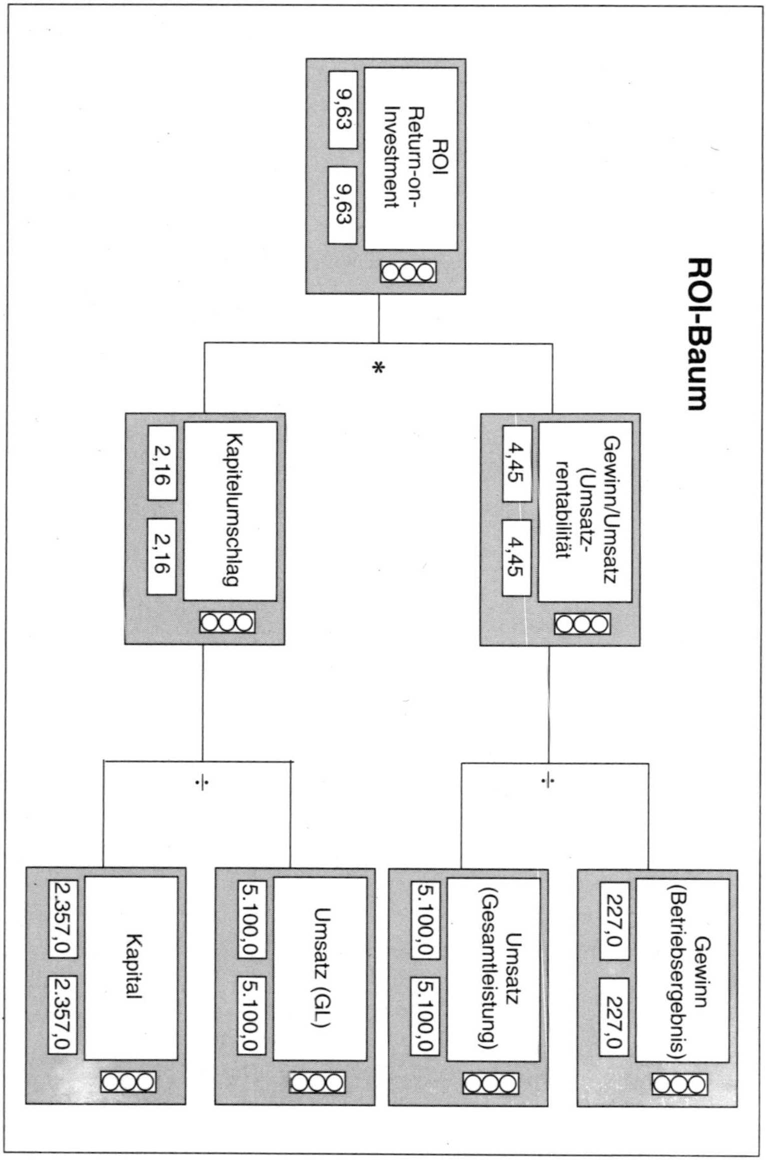
ROI-Baum
ROI Return-on-Investment
9,63
9,63
*
Gewinn/Umsatz (Umsatz-rentabilität
4,45
4,45
Kapitelumschlag
2,16
2,16
÷
Gewinn (Betriebsergebnis)
227,0
227,0
Umsatz (Gesamtleistung)
5.100,0
5.100,0
÷
Umsatz (GL)
5.100,0
5.100,0
Kapital
2.357,0
2.357,0

ROI in 5 Stufen

Muster

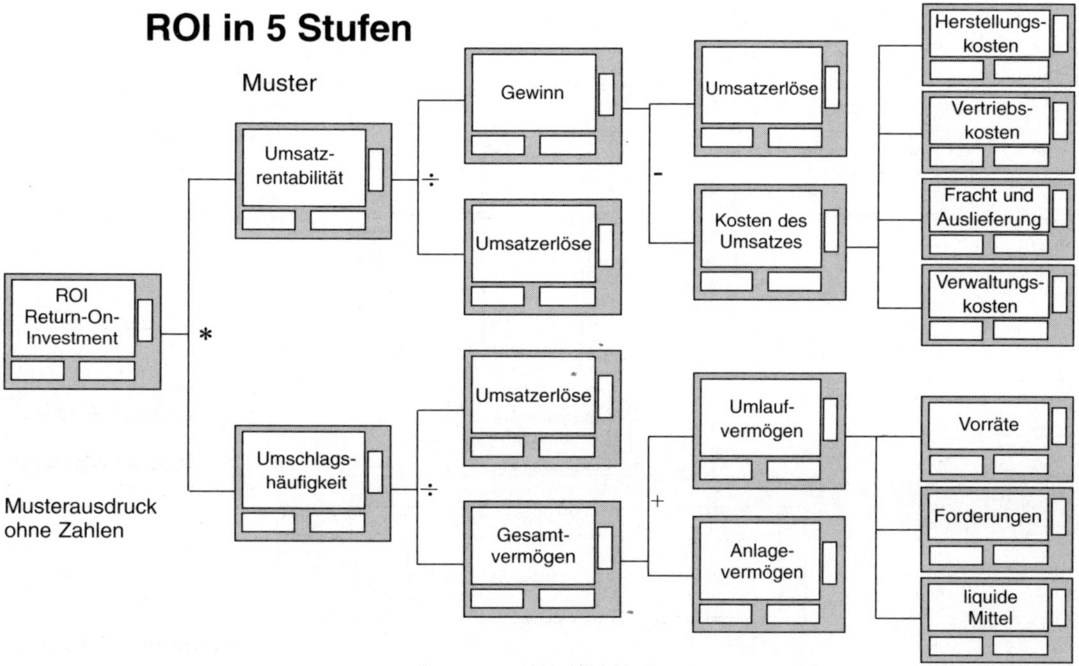

Musterausdruck
ohne Zahlen

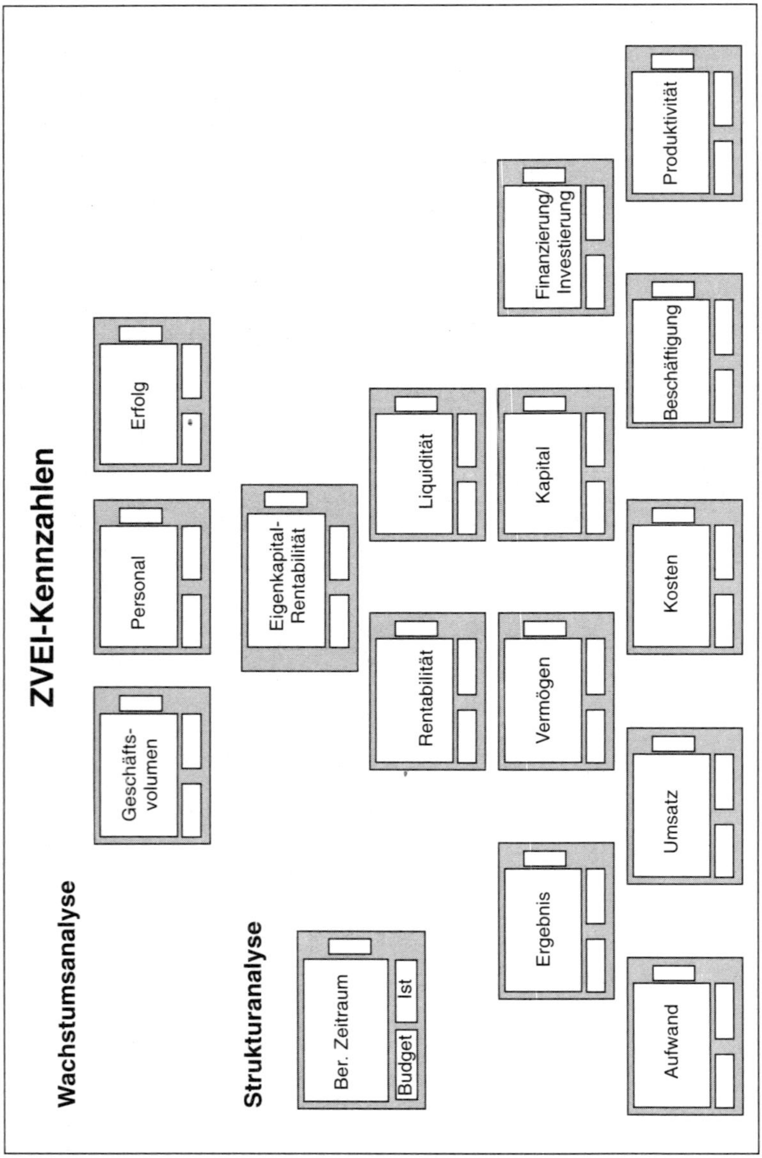
ZVEI-Kennzahlen
Wachstumsanalyse
Geschäfts-
volumen
Personal
Erfolg
Strukturanalyse
Ber. Zeitraum
Budget
Ist
Eigenkapital-
Rentabilität
Rentabilität
Liquidität
Ergebnis
Vermögen
Kapital
Finanzierung/
Investierung
Aufwand
Umsatz
Kosten
Beschäftigung
Produktivität

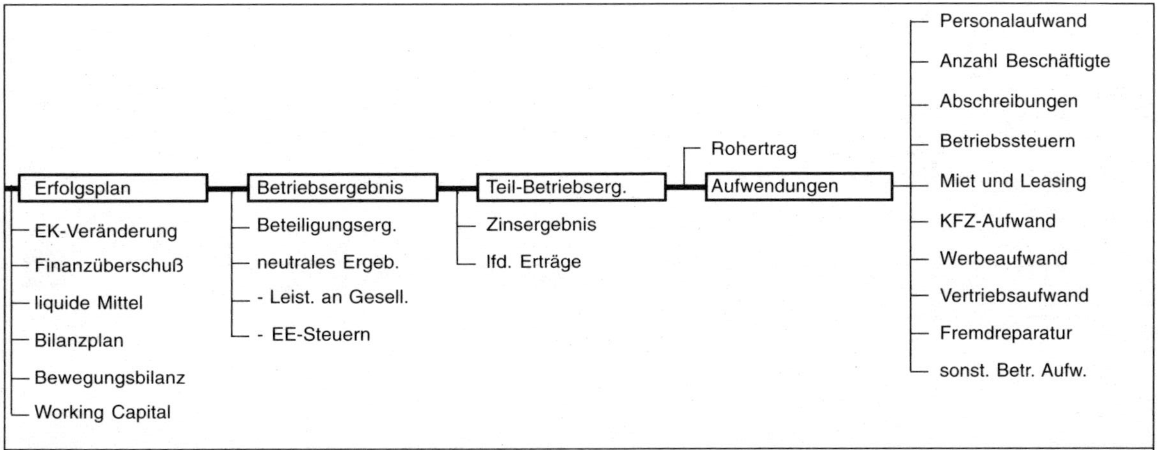

Aufwendungen													Summe
	Jan	Feb	Mär	Apr	Mai	Jun	Jul	Aug	Sep	Okt	Nov	Dez	Jan – Dez
Budget	53.750	53.750	53.750	53.750	53.750	53.750	53.750	53.750	53.750	53.750	53.750	53.750	645.000,00
Ist	0,00	0,00	0,00	0,00	0,00	0,00	0,00	0,00	0,00	0,00	0,00	0,00	0,00
abs. Differenz	-53.750	-53.750	-53.750	-53.750	-53.750	-53.750	-53.750	-53.750	-53.750	-53.750	-53.750	-53.750	-645.000,00
rel. Differenz (%)	-100,0%	-100,0%	-100,0%	-100,0%	-100,0%	-100,0%	-100%	- 100%	-100%	-100%	-100%	-100,0%	-100%

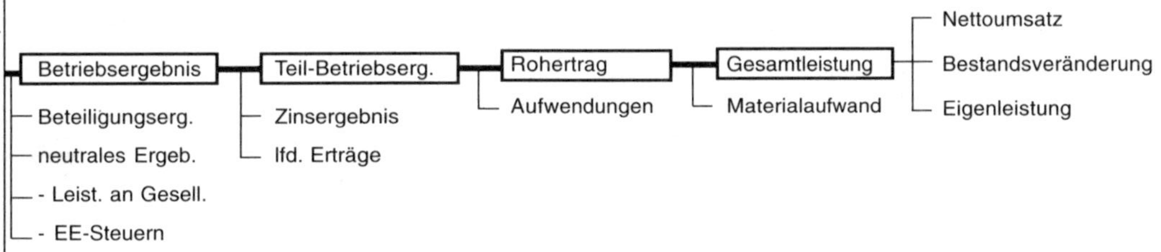

Gesamtleistung													Summe
	Jan	Feb	Mär	Apr	Mai	Jun	Jul	Aug	Sep	Okt	Nov	Dez	Jan – Dez
Budget	311.667	311.667	311.667	311.667	311.667	311.667	311.667	311.667	311.667	311.667	311.667	311.667	3.740.000,00
Ist	311.667	311.667	311.667	311.667	311.667	311.667	311.667	311.667	31.667	311.667	311.667	311.667	3.740.000,00
abs. Differenz	0,00	0,00	0,00	0,00	0,00	0,00	0,00	0,00	0,00	0,00	0,00	0,00	0,00
rel. Differenz (%)	0,00%	0,00%	0,00%	0,00%	0,00%	0,00%	0,00%	0,00%	0,00%	0,00%	0,00%	0,00%	0,00%

CP\MUST_G2.CPD

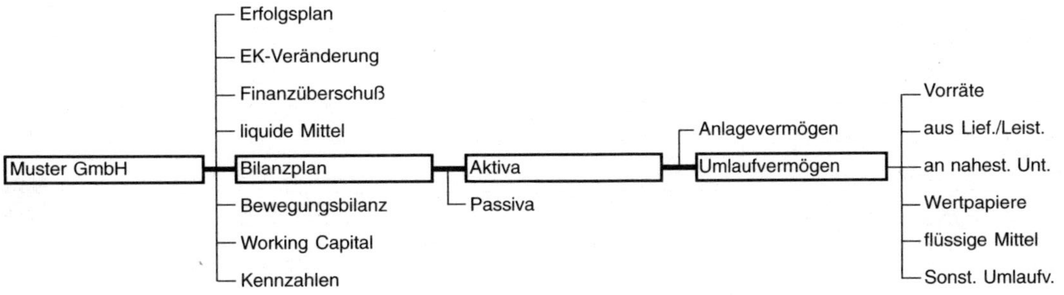

Umlauf vermögen													Summe
	Jan	Feb	Mär	Apr	Mai	Jun	Jul	Aug	Sep	Okt	Nov	Dez	.. – Dez
Budget	28.250	28.250	28.250	28.250	28.250	28.250	28.250	28.250	28.250	28.250	28.250	28.250	1.158.000,00
Ist	28.250	28.250	28.250	28.250	28.250	28.250	28.250	28.250	28.250	28.250	28.250	28.250	1.158.000,00
abs. Differenz	0,00	0,00	0,00	0,00	0,00	0,00	0,00	0,00	0,00	0,00	0,00	0,00	0,00
rel. Differenz (%)	0,00%	0,00%	0,00%	0,00%	0,00%	0,00%	0,00%	0,00%	0,00%	0,00%	0,00%	0,00%	0,00%

CP\MUST_G2.CPD

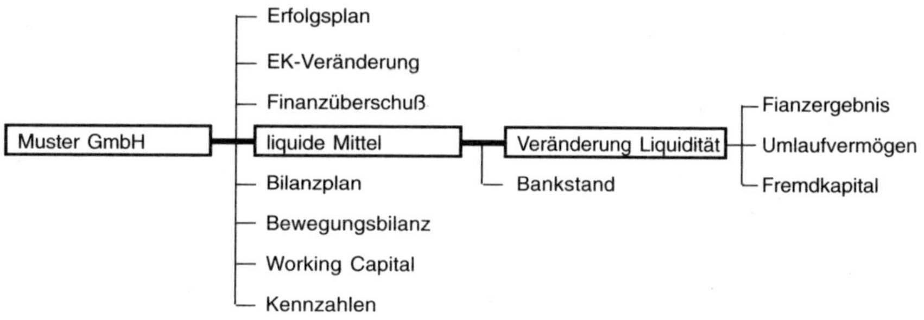

	Veränderung Liquidität												Summe
	Jan	Feb	Mär	Apr	Mai	Jun	Jul	Aug	Sep	Okt	Nov	Dez	Jan – Dez
Budget	21.083,3	21.083,3	21.083,3	21.083,3	21.083,3	21.083,3	21.083,3	21.083,3	21.083,3	21.083,3	21.083,3	21.083,3	253.000,00
Ist	21.083,3	21.083,3	21.083,3	21.083,3	21.083,3	21.083,3	21.083,3	21.083,3	21.083,3	21.083,3	21.083,3	21.083,3	253.000,00
abs. Differenz	0,00	0,00	0,00	0,00	0,00	0,00	0,00	0,00	0,00	0,00	0,00	0,00	0,00
rel. Differenz (%)	0,00%	0,00%	0,00%	0,00%	0,00%	0,00%	0,00%	0,00%	0,00%	0,00%	0,00%	0,00%	0,00%

CP\MUST_G2.CPD

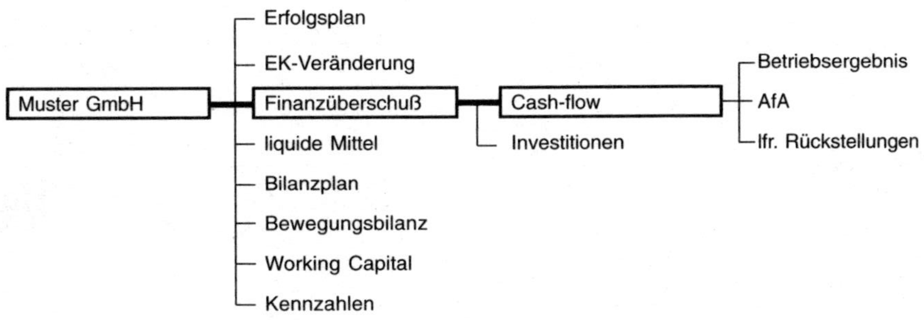

Cash-flow													Summe
	Jan	Feb	Mär	Apr	Mai	Jun	Jul	Aug	Sep	Okt	Nov	Dez	Jan – Dez
Budget	17.416,7	17.416,7	17.416,7	17.416,7	17.416,7	17.416,7	17.416,7	17.416,7	17.416,7	17.416,7	17.416,7	17.416,7	209.000,00
Ist	17.416,7	17.416,7	17.416,7	17.416,7	17.416,7	17.416,7	17.416,7	17.416,7	17.416,7	17.416,7	17.416,7	17.416,7	209.000,00
abs. Differenz	0,00	0,00	0,00	0,00	0,00	0,00	0,00	0,00	0,00	0,00	0,00	0,00	0,00
rel. Differenz (%)	0,00%	0,00%	0,00%	0,00%	0,00%	0,00%	0,00%	0,00%	0,00%	0,00%	0,00%	0,00%	0,00%

CP\MUST_G2.CPD

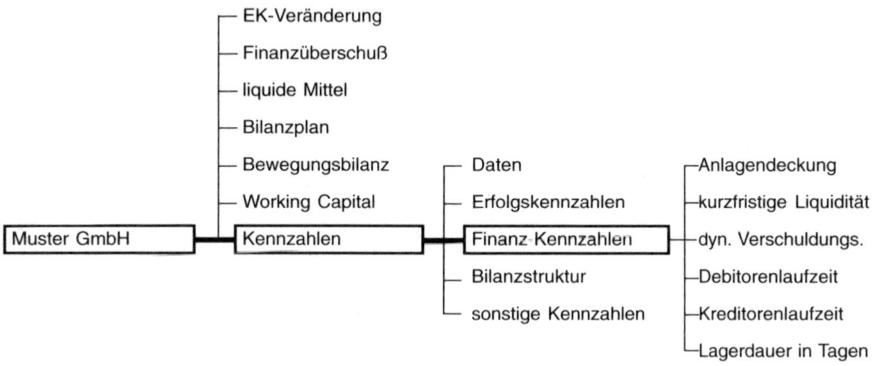

Finanz-Kennzahlen													Summe
	Jan	Feb	Mär	Apr	Mai	Jun	Jul	Aug	Sep	Okt	Nov	Dez	Jan – Dez
Budget	0,00	0,00	0,00	0,00	0,00	0,00	0,00	0,00	0,00	0,00	0,00	0,00	0,00
Ist	0,00	0,00	0,00	0,00	0,00	0,00	0,00	0,00	0,00	0,00	0,00	0,00	0,00
abs. Differenz	0,00	0,00	0,00	0,00	0,00	0,00	0,00	0,00	0,00	0,00	0,00	0,00	0,00
rel. Differenz (%)													

CP\MUST_G2.CPD

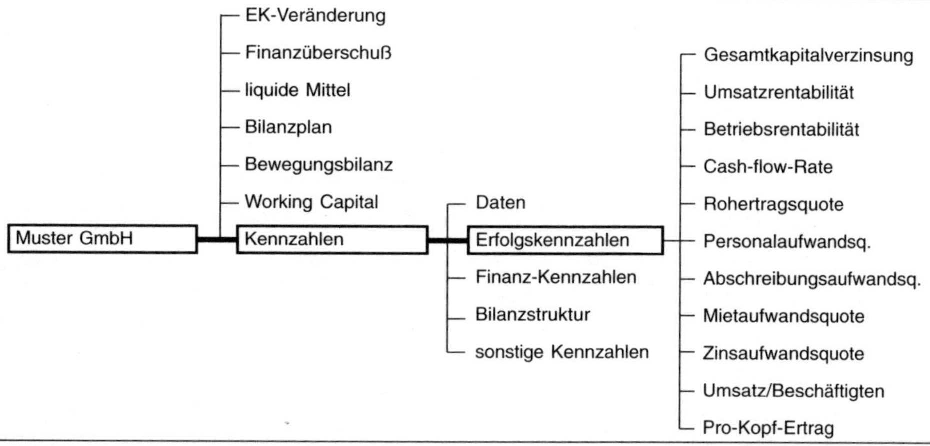

Erfolgskennzahlen													Summe
	Jan	Feb	Mär	Apr	Mai	Jun	Jul	Aug	Sep	Okt	Nov	Dez	Jan – Dez
Budget	0,00	0,00	0,00	0,00	0,00	0,00	0,00	0,00	0,00	0,00	0,00	0,00	0,00
Ist	0,00	0,00	0,00	0,00	0,00	0,00	0,00	0,00	0,00	0,00	0,00	0,00	0,00
abs. Differenz	0,00	0,00	0,00	0,00	0,00	0,00	0,00	0,00	0,00	0,00	0,00	0,00	0,00
rel. Differenz (%)													

CP\MUST_G2.CPD

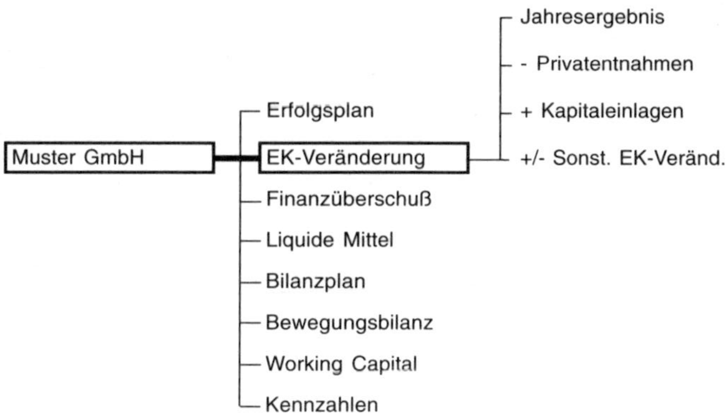

EK-Veränderung	Jan	Feb	Mär	Apr	Mai	Jun	Jul	Aug	Sep	Okt	Nov	Dez	Summe Jan – Dez
Budget	4.250,0	4.250,0	4.240,0	4.240,0	4.250,0	4.250,0	4.250,0	4.250,0	4.250,0	4.250,0	4.250,0	4.250,0	51.000,00
Ist	4.250,0	4.250,0	4.250,0	4.250,0	4.250,0	4.250,0	4.250,0	4.250,0	4.250,0	4.250,0	4.250,0	4.250,0	51.000,00
abs. Differenz	0,00	0,00	0,00	0,00	0,00	0,00	0,00	0,00	0,00	0,00	0,00	0,00	0,00
rel. Differenz (%)	0,00%	0,00%	0,00%	0,00%	0,00%	0,00%	0,00%	0,00%	0,00%	0,00%	0,00%	0,00%	0,00%

CP\MUST_G2.CPD

Arbeitsunterlagen

Blatt für die Vorbereitung des Business Plan (Excel)

Blatt für die Vorbereitung des Jahresbudgets

Arbeitsblätter aus Corporate Planner:

a) Kennzahlensysteme
ROI in 5 Stufen
ZVEI-Kennzahlen

b) Strukturbäume für die Planung

- Gesamtstrukturüberblick
- von Erfolgsplan bis Detaillierung Aufwendungen
- von Betriebsergebnis bis Detaillierung Gesamtleistung
- von Gesamtstrukturüberblick bis Detaillierung Umlaufvermögen
- von Gesamtstrukturüberblick bis Detaillierung der Liquiditätsveränderung
- von Gesamtstrukturüberblick bis Detaillierung Cashflow
- von Gesamtstrukturüberblick bis Detaillierung Finanzkennzahlen
- von Gesamtstrukturüberblick bis Detaillierung Erfolgskennzahlen